Dagmar Geisler
Maxi und Mo – Liebe & Co.

CW01497537

Dagmar Geisler

MAXI UND MO -
LIEBE & CO.

Deutscher Taschenbuch Verlag

Von Dagmar Geisler sind außerdem bei <u>dtv</u> junior lieferbar:
Wandas geheime Notizen, <u>dtv</u> junior 70765
Wanda – Streng geheim!, <u>dtv</u> junior 70837
Wanda und die Mädchenhasserbande, <u>dtv</u> junior 70908
Wanda – Rache im Galopp, <u>dtv</u> junior 71226
Wanda – Meine Freunde, <u>dtv</u> junior 70988
Wer küsst schon unter Wasser?, <u>dtv</u> junior 71187

Originalausgabe
In neuer Rechtschreibung
Oktober 2007
© 2007 Deutscher Taschenbuch Verlag GmbH & Co. KG,
München
<u>www.dtvgirl.de</u>
Umschlagkonzept und -gestaltung: Yayo Kawamura
unter Verwendung eines Fotos von Jan Roeder
Lektorat: Dorothee Dengel
Gesetzt aus der Esperanto 10,5/14
Satz: Greiner & Reichel, Köln
Druck und Bindung: Ebner & Spiegel, Ulm
Gedruckt auf säurefreiem, chlorfrei gebleichtem Papier
Printed in Germany · ISBN 978-3-423-07603-6

Geplatzte Träume und Racheschwüre

Jetzt reicht's! Das muss ich sofort Mo erzählen, sonst platze ich. Ich zische durch die Fußgängerzone, ohne nach rechts und links zu schauen, rase an Mas Blumenladen vorbei und biege links in die Passage ab. Die Leute gehen freiwillig zur Seite. Ich sehe heute nicht aus wie eine, der man sich in den Weg stellen darf.

Zur Hölle, das hätte einfach nicht schon wieder passieren dürfen! Nicht mir, Maximiliane Düwel!! Aber das wird er mir büßen, dieser Möchtegerncasanova, dieses Unterhosenmodel, diese Rübennase mit dem glutäugigen Blick. Oh Mann, dieser Blick! Ich jaule laut auf. Eine ältere Frau im karierten Kostüm dreht sich nach mir um, ein Dackel fühlt sich zum Mitjaulen aufgefordert. Soll er doch! Ich bohre die Hände tief in die Jackentaschen und knülle den Zettel zu einer winzigen Kugel. Diesen dämlichen Zettel, den er mir geschickt hat:

Hei Maxi, es tut mir unendlich leid wegen neulich.
Wollen wir es noch mal versuchen? Heute um 15 Uhr
an der alten Eiche? Ich warte auf Dich
Patrick

Tut ihm **unendlich** leid. Dass ich nicht lache. Aber das wird ihm noch leidtun. **Unendlich** leid!!! Dafür werden wir schon sorgen. Mo und ich.

Oh Hilfe! Das darf echt außer Mo keiner wissen, dass ich heute bereits zum dritten Mal unter dieser Eiche gehockt habe und dieser Kerl einfach nicht gekommen ist. Beim ersten Mal hat er später irgendwas von seiner Großmutter gefaselt, die plötzlich ins Krankenhaus musste. Das hab ich ihm abgekauft. Beim zweiten Mal hat er es wieder damit versucht. Blöderweise habe ich die »Großmutter« aber mit eigenen Augen gesehen: Sie ist blond, 15 Jahre alt, heißt Isa und hat offensichtlich eine Vorliebe für bauchfreie Tops und Erdbeereis. Ich hab genau gesehen, wie sie ihm das Eis praktisch aus der Hand gefressen hat, und trotzdem bin ich heute wieder zu diesem Treffpunkt gegangen.

»Wie blöd darf man eigentlich sein?«, frage ich, als ich endlich in Mos Zimmer auf der Couch sitze.

»Du bist nicht blöd!«, sagt Mo und wirft mir ein bananengelbes Kissen an den Kopf. »Du bist bloß verknallt!«

»Ist das nicht dasselbe?«, frage ich dumpf.

»Schon!«, sagt Mo und grinst über beide Backen. »Aber Blödsein ist von Dauer und Verknalltsein ein Ausnahmezustand. Das geht vorbei.«

»Je schneller, desto besser!«, knurre ich und drücke das Kissen zwischen meinen Händen, als wollte ich es erwürgen.

Ich horche in mich hinein. Vielleicht täusche ich mich, aber es fühlt sich an, als hätte es schon nachgelassen. Ein kleines bisschen wenigstens.

Das erste Mal habe ich Patrick in Mas Laden gesehen. Ich besuche sie da manchmal, wenn ich vom Klavierunterricht komme, und halte sie ein bisschen von der Arbeit ab. Sie war gerade dabei, einen ihrer berühmten, supertollen Hochzeitssträuße zu binden, als Patrick den Laden betrat.

»Grbmfzzl!«, sagte sie mit einem Haufen Grünzeug zwischen den Lippen. Was so viel heißt wie: »Maxi, kümmerst du dich mal, ich kann grad nicht.« Ich ging also zum Tresen. Da stand er und da war es eigentlich auch schon passiert.

Keine Ahnung, ob es daran gelegen hat, dass er so wahnsinnig gut aussieht. (Dunkle Haare, tolle Augen, ein schöner Mund, coole Klamotten. Der ganze Kram halt.) Oder daran, dass er so ein »umwerfendes« Lächeln hat. Vielleicht ist es auch dieser Wahnsinnsblick, mit dem er einen unaufgefordert sofort durchbohrt, oder seine Samtstimme.

»Hallo!«, hat er jedenfalls gegurrt. »Ich hätte nicht gedacht, dass mich hier solche Schönheiten erwarten.« Dabei hat er mir in die Augen geguckt und gezwinkert.

Verflixt! Ich brauch nur daran zu denken und schon macht mein Magen einen Hüpfer, dabei klingt der Spruch wie aus einem dieser Uralt-Hollywoodfilme, die Ma sich manchmal reinzieht.

»Verräter!«, sage ich. Mo guckt mich fragend an. »Ich rede nur mit meinem Magen!«, sage ich und werfe das Kissen gegen die Wand. »Wenn ich jetzt auch noch anfange zu heulen, kostet ihn das was extra!« Den Satz quetsche ich zwischen den Zähnen hervor, weil ich schon merke, wie sich das Wasser in meinen Augenwinkeln sammelt.

Mo lehnt sich genussvoll zurück und verschränkt die Arme hinter dem Kopf. »Also, was wollen wir mit dem Herzchen anstellen?« Ihre Augen blitzen unternehmungslustig.

Ich blinzle zu ihr rüber. Was hab ich eigentlich die ganze Zeit ohne sie gemacht? Mo ist vor einem Jahr hierhergezogen und ungefähr so lange sind wir auch befreundet. Ich weiß noch genau, wie sie zum ersten Mal in unserer Klasse stand. Mit ihren rotblonden Haaren, den Sommersprossen und diesen abgedrehten Klamotten sah sie aus wie ein Wesen von einem anderen Planeten. Sie hat sich sofort zu Marie-Sophie und Jacqueline an den Zickentisch gesetzt. »Alles klar!«, hab ich mir gedacht und sie abgehakt.

Einen Tag später tauchte sie dann mit einem knallroten Geigenkasten auf dem Rücken bei Doktor Fliegel auf. Wir saßen eine ganze Weile draußen auf dem Flur, während der Dok drinnen im Musikzimmer der alten Frau Sondermann Gesangsunterricht gab. Mo ließ Kaugummiblasen vor ihrem Gesicht platzen und ich hab mich gefragt, was sie hier will. Denn nach der Kreischsäge dadrin war erst mal ich an der Reihe. Mit Klavierunterricht.

Frau Sondermanns Töne schraubten sich in ungeahnte Höhen. Es hörte sich an wie ein heiseres Ferkel in Lebensgefahr. Bei »... trag ich in meinem Buuusen, die Sehnsucht nur nach dir ...« verschluckte sich Mo an ihrem Kaugummi. Ich war schon aufgesprungen, als ich merkte, dass sie nicht am Abkratzen war, sondern bloß einen Lachkrampf hatte. Sie japste nach Luft, und als sie sich wieder einigermaßen beruhigt hatte, fragte sie:

»Kann ich mich morgen neben dich setzen?«

Ich muss sie ziemlich verblüfft angestarrt haben.

»Guck nicht so!«, hat sie gesagt. »Ich weiß jetzt, wo es in diesem Kaff den billigsten Nagellack gibt, bei welcher Diät man am besten abnimmt und welche Jungs süß sind.« Bei »süß« hat sie die Augen verdreht. »Jetzt interessiert mich mal was anderes.«

»Meinetwegen!«, hab ich geantwortet.

»Super!«, hat sie gesagt und mir in die Rippen geboxt.

Ab da waren wir beide so ins Gespräch vertieft, dass wir nicht mal mitgekriegt haben, wie sich Frau Sondermann von Doktor Fliegel verabschiedet hat.

»Bist du taub?« Mos Stimme reißt mich aus meinen Gedanken. »Ich hab dich gefragt, ob du seine E-Mail-Adresse kennst. Oder noch besser irgendeinen Chatroom, in dem er sich rumtreibt, und seinen Nickname.«

Ich schüttle den Kopf.

»Hast du eine Ahnung, wo man die herkriegen kann?« Sie klingt wie eine Krankenschwester, die einem Patienten auf der Intensivstation gut zuredet.

»Wir könnten Rob fragen!«

Mo strahlt. Sie hat eine Schwäche für meinen Bruder Rob. Der ist schon achtzehn, macht bald Abitur und ist Gitarrist und Leadsänger bei den *Roaring Lions*. Die *Roaring Lions* haben ihren Probenraum draußen im Gewerbegebiet, direkt neben Pas Gärtnerei. Jeder Vorwand, dort aufzutauchen, ist Mo recht. Sie springt auf und zieht sich ihre Jacke über.

»Erzählst du mir mal, was du vorhast?«, frage ich.

Roaring Stinkesocken

Auf dem Flur treffen wir Mos Mutter, Frau von Bolken-hagen. Sie trägt heute ein tief ausgeschnittenes Top mit Leopardenmuster, enge Röhrenjeans und einen teuren Gürtel voller Strasssteine.

»Hallo, ihr zwei!«, sagt sie. »Ich wollte uns gerade einen grünen Tee machen.«

»Keine Zeit, Mami!«, ruft Mo und schlüpft in ihre Stiefel.

Frau von Bolkenhagen zieht eine enttäuschte Schnute. »Sag nicht immer Mami zu mir! Ich heiße Lou!«

»Alles klar, Mami!« Mo haucht ihr eine Kusshand zu und zieht die Haustür hinter sich ins Schloss.

Unterwegs erzählt Mo, was sie sich für Patrick ausgedacht hat. Und als wir bei der Gärtnerei ankommen, haben wir beide daraus einen Racheplan entwickelt, der dem guten Patrick einen Denkzettel verpassen wird, an den er noch in hundert Jahren denkt. Vorausgesetzt es klappt alles so, wie wir uns das ausgedacht haben.

Mit vereinten Kräften drücken wir das schwere Eisentor auf, den Zugang zum Allerheiligsten der *Lions*. Seit Flori, der Drummer, es von oben bis unten mit Graffiti-Löwen be-sprüht hat, klemmt es noch mehr als vorher. Rob ist allein.

Er sitzt auf einem alten Küchenstuhl und hat die Füße aufs Keyboard gelegt.

»Weiß Biene, dass du ihr Instrument mit deinen Stinkesocken entehrst?«, frage ich.

Rob fährt herum und reißt sich die Ohrhörer seines iPods runter. »Schwesterherz!«, seufzt er. »Was führt dich hierher?«

»Wir brauchen deine Hilfe!«, sage ich.

»Da wär ich jetzt nie draufgekommen!«, brummt er und fährt sich mit der Hand durch die langen Locken. »Wo du doch sonst nur auftauchst, wenn du es vor Sehnsucht nach deinem geliebten Bruder nicht mehr aushältst.«

»Genau!«, sage ich und drücke ihm einen feuchten Schmatz auf die Backe. »Mo, willst du auch mal?«

»Bewahre!« Rob steht auf und wischt sich mit dem Ärmel übers Gesicht. »Noch mehr Teenieküsse und ich krieg einen Ausschlag. Also, was wollt ihr?«

Wir erzählen von Patrick, und wie es zu erwarten war, lässt Rob erst mal haufenweise seiner »Ich-hab's-ja-gleich-gesagt!«-Sätze ab.

»Wieso musstest du dich auch ausgerechnet in so'n Deppen verknallen? Das weiß doch jeder, was für ein Schleimer das ist. Gibt dauernd an mit seinen neuen Eroberungen. Wahrscheinlich weiß inzwischen die halbe Stadt, dass er dich schmoren lässt. Aber auf mich wolltest du ja nicht hören. Ich hab dir gleich gesagt: So einer hält sich immer mindestens drei Freundinnen auf einmal warm ...« Und so weiter und so weiter.

»Hast du's jetzt?«, frage ich, als er mal Luft holen muss.

»Hm!«, brummt er und man merkt genau, dass er lieber weiterreden würde.

Wir erklären ihm unseren Plan.

»Seine E-Mail-Adresse ist kein Problem. Die krieg ich über Big Joe oder Flori raus. Die beiden hängen oft mit Patricks großem Bruder Alex rum. Aber der Rest? Ihr spinnt doch wohl.« Rob tippt sich an die Stirn.

Wir finden unseren Plan perfekt: Wir wollen eine echt tolle Frau auf Patrick ansetzen. So eine, bei der er nicht widerstehen kann. Und wir hatten dabei an Biene oder, noch lieber, an Lili gedacht. Die beiden sind zwar älter als Patrick, aber so, wie ich ihn einschätze, fährt er gerade darauf besonders ab.

»Du hast doch bloß Schiss, dass sich deine heiß geliebte Lili in den ›Schleimer‹ verknallt«, sage ich grinsend und wuschle ihm durchs Haar. Rob guckt mich finster an. Zum Glück weiß ich genau, wann ich aufhören muss. »Also gut! Du besorgst uns die E-Mail-Adresse und, wenn's geht, den Nickname im Chat, den Rest machen wir selbst. Tausend Dank im Voraus. Du bist und bleibst mein Lieblingsbruder!« Ich drücke ihm noch einen Kuss auf die Wange und verschwinde mit Mo nach draußen.

Wir schlendern am Gewächshaus vorbei, wo Pa gerade seine Zitronenbäumchen wässert, winken ihm zu und machen uns auf den Weg zurück in die Innenstadt.

»Jetzt weiß ich's!«, sage ich nach einer Weile. »Du musst das machen! **Du** musst Patrick den Kopf verdrehen!«

»Was?«, kreischt Mo und kneift entsetzt die Augen zu.

Blöd, dass ausgerechnet in dem Moment Jonathan um die Ecke gebogen kommt. Mo rumpelt voll mit ihm zusammen. Sie reißt die Augen auf und läuft so dunkelrot an, dass sie aussieht wie eine von Mas Baccararosen.

»Kann der nicht aufpassen, wo er hintritt?«, fragt Mo, als wir weitergehen, und tut ganz empört. Aber ich hab genug gesehen. Der gute alte Jonathan aus der 9a. Sieh mal einer an!

Schneewittchen trifft
Mister Cool

Haben wir alles?«, frage ich.

»E-Mail-Adresse, Nickname, Digitalkamera«, zählt Mo auf. »Dein Bruder ist echt unbezahlbar.«

»Logisch!«, grinse ich. »Jetzt brauchen wir nur noch das passende Outfit für dich.«

Aber das ist kein Problem. Mos Mutter ist begeistert, als ihre Tochter sich endlich mal für ihre Klamotten interessiert. Wir schleppen einen ganzen Arm voll in Mos Zimmer. Dass Mo ihr die Zimmertür vor der Nase zumacht, findet »Lou« dann allerdings nicht so toll.

»Ich bin im Wohnzimmer, falls ihr noch was braucht!«, ruft sie. Aber da kann sie sich noch so große Mühe geben. Man hört genau, dass sie beleidigt ist.

»Alles klar, Mami!«, ruft Mo und grinst.

»Jetzt lass sie doch!«, sage ich. »Meine Ma würde mir nie im Leben ihre Klamotten überlassen. Da ist deine doch echt nett.«

Mo zuckt die Achseln. »Deine ist mindestens genauso nett und ihre Leinenkleider und Blümchenpullis willst du doch sowieso nicht haben.«

»Auch wieder wahr!«, sage ich und durchwühle die Sachen, die Mo mit Schwung aufs Bett geworfen hat. Das Leopardentop eignet sich am besten, finde ich. Mo sieht klasse darin aus.

»Müssen wir allerdings vorne etwas ausstopfen!«, sage ich.

»Ha, ha!«, macht Mo. Aber dann zaubert sie aus dem Kleiderberg einen von Lous BHs hervor. Es ist so ein Stützding mit Stofftaschen, in die man zwei glibbrige Gelkissen einlegen kann. »Meine Mutter ist von Natur aus selber nicht so supergut bestückt!«, sagt Mo und grinst. »Sie hat auch solche mit Wasser gefüllten Polster, die man einfach unter den Busen klebt. Auf die nackte Haut. Braucht man zum Beispiel bei trägerlosen Abendkleidern.«

»Igitt! Hoffentlich wächst bei uns noch genug, damit wir nicht auf so was zurückgreifen müssen.« Ich lasse die Gelkissen zwischen meinen Fingern schwappen. »Ist ja voll eklig!«

»Nur solange sie kalt sind!«, meint Mo. »Wenn die warm werden, passen sie sich irgendwie der Körperform an, glaub ich.«

Mo steigt in Röhrenjeans, toupiert sich die Haare zur Löwenmähne und trägt Lippenstift auf. Ich ziehe ihr die Augen mit Kajalstift nach und pudere ein bisschen Rouge auf ihre Wangen.

»Wenn ich nicht wüsste, dass du's bist, würde ich Angst kriegen«, sage ich, kneife die Augen zusammen und begutachte unser Werk. »Patrick wird's gefallen, schätze ich.«

Wir machen eine Menge Fotos in allen möglichen Posen. Aber nur die ersten fünf eignen sich für unser Vorhaben.

Eine von Lachkrämpfen geschüttelte Mo sieht einfach nicht die Bohne verführerisch aus.

Zum Schluss lassen wir uns noch von Frau von Bolkenhagen begutachten.

Sie schluckt. »Sehr hübsch!«, meint sie. »Aber hast du nicht ein bisschen übertrieben? Ihr seid schließlich erst 13.«

Ich jedenfalls bin heilfroh, als Mo wieder in ihre Ringelstrümpfe und ihre Doc-Martens-Stiefel steigt.

»Du musst dir die Pampe noch aus dem Gesicht wischen!«, sage ich. »Sonst kriegt unser guter Doktor Fliegel einen Herzinfarkt.«

»Oh Mist!«, stöhnt Mo. »Das hab ich völlig vergessen. Heute ist ja Probe.«

Doktor Fliegel ist unser Musiklehrer an der Schule und gibt uns auch privat Unterricht. Mir Klavier und Mo Geige. Leider hat er inzwischen das »herausragende« musikalische Talent von uns beiden erkannt. Und deshalb mussten wir die Hauptrollen in seinem diesjährigen Singspiel übernehmen. Es geht um Max und Moritz. Rob hat sich natürlich sofort verschluckt vor Lachen, als ich es zu Hause erzählt hab.

»Maxi und Mo spielen Max und Moritz!«, hat er gequiekt. Wahnsinnig witzig! Ma und Pa sind natürlich entzückt gewesen. Von Doktor Fliegel für die Hauptrolle besetzt zu werden, ist ja eine hohe Ehre, wie jeder weiß. Aber mir ist das Ganze irgendwie peinlich. So'n Kinderkram, echt!

Heute sind wir nicht mal richtig bei der Sache. Fliegel hat heftig damit zu tun, uns die Melodien einzutrichtern. In Gedanken sind wir halt schon mit Patrick im Chatroom. Und das Lied der Witwe Bolte, das er mit Frau Sondermann einstudiert, ist auch nicht grad ein Ohrwurm. Wirklich nicht.

»Oh Mann!«, sagt Mo, als wir endlich wieder draußen auf der Straße sind. »Die Lieder sind alle so brav und lieb, als wären sie für einen Kindergarten gemacht. Oder noch besser für einen Häschenkindergarten.«

»Dabei waren Max und Moritz doch echt frech!«, sage ich.

Mo nickt. »Richtige kleine Punker!« Dann fängt sie an zu rappen:

>»Witwe Bolte ist gestresst,
>wenn ihr ihre Hühner fresst!
>Max und Moritz lachen bloß,
>hauen rein und rülpsen los.«

Sie spielt Luftgitarre und hopst in wilden Sprüngen über den Gehweg. Klar, dass sie schon wieder mit jemandem zusammenrumpelt. Diesmal ist es Frau Lehmann-Schneck. Eine Nachbarin von Bolkenhagens und eine echte Spaßbremse. Missbilligend zieht sie ihre gezupften Augenbrauen bis zum Haaransatz hoch und sagt ausnahmsweise mal nichts. Normalerweise jammert sie immer über die verkommene Jugend und dass wir alle sowieso mal in der Gosse landen werden. Außerdem steht sie dauernd bei Mos Mutter vor der Haustür und petzt alles, was wir angeblich angestellt haben. Es steckt anscheinend eine Menge Fantasie in dieser vertrockneten Pflanze.

»Guten Tag, Frau Lehmann-Schneck!«, sagt Mo übertrieben höflich und legt einen gekonnten Knicks hin.

Frau Lehmann-Schneck kräuselt nur die Lippen. Die Falten um ihren Mund sehen dabei aus wie ein Spinnennetz.

Bei Mo zu Hause holen wir uns einen Saft aus der Küche und werfen den Computer an.

Es ist erschreckend einfach. Mo hat sich in diesem Chatroom angemeldet und fünf Minuten später chattet sie schon mit *Coolman07*. Toller Deckname. Echt! Wir haben uns *Schneewittchen* ausgesucht. Und kaum sind wir drin, fragt *Coolman07*:

Hi Schneewittchen! Suchst du einen Zwerg?

Hi Coolman! Wenn's ein cooler Zwerg ist.

Ich bin wahnsinnig cool.

Ich will Beweise!

Was willst du denn wissen?

Zum Beispiel, ob du gut aussiehst.

Erzählt man sich so.

Wer? Deine Großmütter?

Nee, meine Girls.

Meine Girls!!! Das ist nicht zum Aushalten. Ich beiße mir auf die Lippe. Ganz genau sehe ich Patrick vor mir, und obwohl er so einen Scheiß schreibt, klopft mir das Herz mal wieder bis zum Hals. Kann man das nicht einfach abstellen?

Mo kichert. »Er will das Foto sehen. Wie lange soll ich ihn zappeln lassen?«

»Bringen wir's hinter uns!«, sage ich. Ich ahne nämlich schon, wie Patrick reagieren wird.

Wow! Hast du gewusst, dass ich auf blond stehe?

Und in diesem Ton geht's weiter. Wieso hat er sich überhaupt mit mir verabredet, wenn er so auf blond abfährt? Aber bei mir hat er ja behauptet, er fände dunkle Haare toll. »Schleimer!« Rob hat so was von recht gehabt.

»Er will sich mit mir verabreden!«, quiekt Mo nach einer Weile.

Blöd! Jetzt tritt genau das ein, was wir wollten. Und warum bin ich dann so schlecht gelaunt?

Diesmal lassen wir ihn wirklich noch ein bisschen zappeln.

»Morgen wieder hier im Chat? Gleiche Zeit?«, schreibt Mo als Letztes und dann machen wir die Kiste aus.

»Meinst du, der meldet sich echt morgen wieder?«, frage ich skeptisch.

»Darauf kannst du Gift nehmen!« Mo reibt sich die Hände.

Erdbeerflip und Liebeszauber

Er hat sich tatsächlich gemeldet. Pünktlich um halb sechs war *Coolman07* wieder online. Das war gestern. Und heute ist er fällig! Mo steht schon in voller Kriegsbemalung auf ihrem Posten. Wir haben ihn zu dem alten Aussichtsturm im Forst bestellt. Mo hat behauptet, sie habe einen wahnsinnig eifersüchtigen Freund, mit dem sie eigentlich Schluss gemacht hat, der ihr aber überall auflauert, und deshalb müsse sie einen geheimen Treffpunkt außerhalb der Stadt wählen. Sie hat den Eduardsturm vorgeschlagen. Es ist ein ehemaliger Aussichtsturm, ehemalig deshalb, weil die Bäume um ihn herum inzwischen so hoch gewachsen sind, dass man von Aussicht gar nicht mehr reden kann. Ein fast vergessener Ort, an den sich nur selten mal jemand verirrt. Wenn alles gut geht, taucht *Mister Coolman* Patrick gleich hier auf und wird vermutlich sein Fahrrad dabeihaben. Zu Fuß ist es nämlich ganz schön weit bis hierher. Unsere Fahrräder haben wir im Gebüsch versteckt.

Mo lehnt an der Bank auf dem freien Platz unterhalb des Turms und ich hocke zwischen den Haselsträuchern. Keiner kann mich sehen, aber ich habe alles im Blick. Mo hat sicherheitshalber auch noch eine Sonnenbrille aufgesetzt, aber ich glaube, Patrick erkennt sie so oder so nicht. Er hat

Mo, soweit ich weiß, erst ein oder zwei Mal gesehen, und das auch nur von Weitem.

Es ist fünf vor drei. Drei Uhr war ausgemacht! Bin gespannt, ob er wirklich kommt. So ein blödes Gefühl! Er muss ja kommen, sonst klappt unsere Aktion nicht. Aber wenn er kommt, heißt das, dass ihm Mo besser gefällt als ich. Tausend Eifersuchtsteufel hopsen in meinem Magen herum und machen Lagerfeuer. Ich atme tief durch. Mensch! Hier geht es doch nicht um Mo, sondern um die geile Tussi, die wir aus ihr gemacht haben. Das hätte mit mir auch geklappt. Garantiert! Zweifel sind jetzt einfach verboten. Basta!

Ich höre Laub rascheln und Äste knacken. Kurz darauf biegt Patrick um die Ecke. Wieso sieht so ein Ekelpaket überhaupt dermaßen gut aus? Auch das sollte verboten werden!

Ich ignoriere mein galoppierendes Herz und gucke zu, wie Patrick sich an Mo ranschmeißt: »Du siehst in Natur noch viel besser aus als auf dem Foto!« Schleim, schleim!

Mo macht ihre Sache gut. Sie kaut Kaugummi und setzt ein rätselhaftes Lächeln auf.

»Nee, echt!«, faselt Patrick. »Auf dem Foto hat man gar nicht gesehen, dass deine Haare so einen rötlichen Schimmer haben.« Er versucht, sich eine der Haarsträhnen um den Finger zu wickeln. Mo lächelt huldvoll.

»Gehen wir rauf?«, haucht sie und zeigt mit einem Kopfnicken zum Turm. Patrick schluckt. Dazu hat er sichtlich keine Lust. Vielleicht ist er nicht schwindelfrei. Aber Mo setzt noch eins drauf. Sie wirft die Haare in den Nacken und fährt sich mit der Zunge über die Lippen. Dann dreht sie sich einfach um und stöckelt auf den Turm zu. Patrick latscht wie hypnotisiert hinter ihr her.

Als die schwere Eichentür ins Schloss fällt, mache ich mich an die Arbeit. Ich robbe zu Patricks Fahrrad. Prüfe kurz, ob man mich vom Turm aus auch garantiert nicht sehen kann, hole mein Werkzeug aus dem Rucksack und fange an, das Fahrrad in seine Einzelteile zu zerlegen.

Bin gespannt, wie lange Mo braucht, um *Mister Coolman* um den Finger zu wickeln. Ich überlege, wann ich das letzte Mal auf dem Turm war. Okay, das allerletzte Mal war im vorigen Jahr, als ich Mo die ganze Gegend hier gezeigt habe. Und davor? Das muss ewig her sein. Ich weiß nur noch, dass Rob mich da oben mal eingesperrt hat. Ich war so ungefähr sechs Jahre alt und Rob elf oder zwölf. Jedenfalls war er tierisch genervt von seiner kleinen Schwester, die dauernd seiner Bande aufgelauert und alle Geheimverstecke in kürzester Zeit entdeckt hat. Irgendwann hat er mich dann da oben auf der Plattform stehen lassen und die Bodenklappe, durch die man hinaufgelangt, zugeworfen. Dann hat er einen Ast durch den Ring an der Unterseite geschoben. Die Klappe war dadurch bombenfest verriegelt. Das wäre aber gar nicht nötig gewesen, weil ich mit sechs noch viel zu schwach war, um das schwere Ding hochzuheben. Die Aktion hat ihm damals eine Woche Hausarrest und striktes Fernsehverbot eingebracht. Ma und Pa waren außer sich.

Ich bin gerade dabei, die Zahnräder von Patricks 18-Gang-Schaltung wie Christbaumschmuck in die umliegenden Sträucher zu hängen, als Mo angefegt kommt.

»Hübsch machst du das!«, sagt sie und boxt mir anerkennend in die Seite. »Aber ich war auch gut. Das mit dem Ast hat supergut geklappt. Die Klappe kriegt unser *Mister Coolman* niemals allein wieder auf.« Sie strahlt. Die Löwenmähne ist in sich zusammengefallen und die Wimperntusche ziemlich verwischt. Langsam sieht sie wieder aus wie die alte Mo.

»Hat er sein Handy dabei?«, frage ich.

Mo nickt. »Ich hab gehört, wie er eine SMS gekriegt hat.«

»Wahrscheinlich von einer aus seinem Harem!« Ich gucke Mo von der Seite an. »Und? Wie fandest du ihn?«

»Zum Niederknien!«, sagt sie und befestigt Patricks Lenkstange in einer Astgabel.

»Echt?«, frage ich. Blöderweise hört sich meine Stimme dabei ziemlich schwächlich an.

»Quatsch, du Nulpe!« Mo kichert und legt mir den Arm um die Schulter. »Ich finde, er sieht nicht mal gut aus. Und wenn man weiß, was für ein Arsch er ist, wirkt er sogar ausgesprochen hässlich.« Ich schlucke. Mo grinst. »Mach dir nichts draus. Liebe macht blind! Das weiß schließlich jedes Baby.«

»So!«, sage ich und ziehe ein langes Seil aus meinem Rucksack. »Jetzt müssen wir nur noch den Rahmen in die Baumkrone hinaufziehen und dann ab durch die Mitte. Wenn Patrick schon telefoniert hat, ist bestimmt gleich jemand hier.«

Wir ziehen unsere Fahrräder aus dem Gebüsch und bleiben noch mal kurz stehen.

»Sieht echt gut aus!«, sagt Mo. »Wie eine Reklame für die Tour de France.«

»Oder eine Gedenkstätte für den anonymen Radfahrer.«
Wir sausen Richtung Stadt. Der Fahrtwind lässt meine Haare flattern. Ich fühle mich locker und leicht wie schon lange nicht mehr. »Komisch!«, denke ich, als Mo mich laut quietschend überholt. »Er hat überhaupt nicht um Hilfe gerufen, da oben auf seinem Turm.«

In der Stadt steuern wir sofort die Eisdiele an. Einen Erdbeerflip haben wir uns jetzt mehr als verdient. Aber als Erstes verschwinden wir auf dem Klo. Mo wäscht die Schminke ab, bürstet sich die Haare und tauscht das Leopardentop wieder gegen ihr eigenes T-Shirt.

»Uff!«, seufzt sie. »Schon besser!«

Wir treten aus der Klotür und halten Ausschau nach einem freien Tisch.

»Ihh«, quiekt Mo. »Ich hab die Quallen noch im BH!« Sie reißt sich das T-Shirt hoch und zieht die Gelkissen hervor.

»Hei!«, murmelt jemand von rechts. Mo fährt herum. Die Schwabbeldinger klatschen auf den Boden. Ich kicke sie schnell unter die nächste Bank.

»Hei, Jonathan!«, sage ich.

Ich lotse Mo nach draußen. Wir finden einen freien Tisch ganz am Rand neben einem Blumenkübel. Mo lässt sich in einen Stuhl plumpsen.

»Meinst du, die Dinger sind noch zu gebrauchen?«, frage ich und spüre, wie ein hysterischer Kicheranfall anrollt.

»Du willst die doch nicht wieder hervorholen?«, japst Mo. Sie ist immer noch knallrot und fächelt sich mit der Eiskarte Luft zu.

»Wir können Jonathan ja fragen, ob er sich mal eben bückt!«, sage ich. Mo guckt mich entsetzt an. »Ja!«, sage ich. »Er sitzt genau drüber.«

Mo beugt sich vor und äugt ins Innere der Eisdiele. Richtig, Jonathan und seine Clique hocken genau auf der Eckbank, unter die die Quallen geflutscht sind. Mo lässt ihren Kopf auf die Tischplatte krachen. »Oh nein!«, wimmert sie.

»Keine Sorge, der hat überhaupt nichts gemerkt«, lüge ich. Da beruhigt sie sich zum Glück wieder. Unser Eis kommt und wir können endlich darüber reden, was unser männliches Rapunzel wohl oben auf dem Turm treibt.

Wir haben gerade den letzten Löffel Erdbeereis aus dem Glas gekratzt und wollen schon aufbrechen, als sich ausgerechnet am Nebentisch ein paar Leute aus Patricks Schule niederlassen. Ich erkenne Marvin, mit dem Patrick öfter rumhängt, und noch ein, zwei Leute aus seiner Klasse. Marvin setzt sich mit dem Rücken zu uns. Ich schätze, er ist derjenige, den Patrick in seiner Lage am ehesten anrufen würde.

»Wie viel Geld hast du noch dabei?«, frage ich.

»Fünf Euro! Wieso?«, fragt Mo.

»Kannst du mir die leihen? Ich lade uns noch mal auf einen Eisbecher ein?« Flüsternd erkläre ich Mo, warum wir jetzt auf dem Posten bleiben müssen.

Sie nickt und beobachtet aus den Augenwinkeln Jonathan, der gerade die Eisdiele verlässt.

Was sie bloß an ihm findet? Er hat rötliche halblange Haare. Ziemlich ungekämmt. Meistens läuft er mit den Händen in den Hosentaschen rum. Er trägt schwere, braune Lederstiefel, bei denen er die Schnürsenkel offen runterbaumeln lässt. Sein Gesicht ist übersät mit Sommersprossen. Vielleicht ist es sein Lächeln. Wenn er lächelt, sieht er total nett aus, das muss man ihm lassen. Jonathan geht mit seinen Freunden links die Fußgängerzone runter. Bienes Bruder Oskar ist auch dabei. Komisch, den habe ich vorher nie mit Jonathan zusammen gesehen. Im Probenraum taucht er auch so gut wie nie auf. Keine Ahnung, was der den ganzen Tag so treibt. Ich weiß nur, dass er auf ein anderes Gymnasium geht. Ein musisches, glaub ich. Weder Jonathan noch Oskar gucken zu uns rüber. Ist wahrscheinlich ganz gut so.

Ich lasse einen riesigen Partner-Eisbecher namens Liebeszauber springen, damit wir schön lange hier sitzen bleiben können. Ich muss dringend mit Pa über eine Sonderzuteilung von Taschengeld reden. Ich kann mir so was nämlich gar nicht leisten. Eigentlich! Aber die Investition scheint sich zu lohnen. Ich sehe, wie Marvin sein Handy aus der Tasche zieht und auf die Uhr im Display guckt.

»Oh Mann!«, sagt er. »Patrick wollte schon längst hier sein. Wo treibt der sich bloß wieder rum?« Mit einem genervten Seufzer steckt er das Handy wieder in die Hosentasche.

»Wollte der sich nicht heute mit diesem *Schneewittchen* treffen?«, fragt einer mit dottergelben Haaren und Lippenpiercing. Er lacht wiehernd und klatscht sich dabei mit beiden Händen auf die Oberschenkel.

»Glaub ja!«, sagt ein anderer mit zurückgegelten braunen Haaren. »Er hat mir das Foto gemailt. Geile Tante, echt!«

»Nicht zum Aushalten!«, zischt Mo.

Vorsicht, Schleimschnecke!

Wir sind noch lange in der Eisdiele sitzen geblieben, aber weder hat Marvins Handy geklingelt noch ist Patrick aufgetaucht.

»Ob der immer noch da oben sitzt?«, habe ich Mo gefragt, als wir uns gegen Abend vor Mas Blumenladen verabschiedet haben.

»Der ist bestimmt längst zu Hause«, hat Mo gemeint.

Ich hab mich allerdings ein paarmal dabei ertappt, wie ich mir den »armen Patrick« nachts mutterseelenallein auf dem Turm vorgestellt habe. Wolkenfetzen zogen über den Mond. Ein Käuzchen rief und die Wipfel der Bäume knarrten im Wind. Aber ich hab mich immer wieder zusammengerissen. Ma hat recht. Ich hab wohl einfach zu viel Fantasie.

Was wirklich passiert ist, kriegen wir erst am nächsten Nachmittag raus. Flori erzählt es im Probenraum gerade der versammelten Mannschaft der *Roaring Lions*, als Mo und ich reinplatzen.

»Ihr kennt doch den Bruder von Alex, diesen kleinen Angeber Patrick?«

Biene, Flori und Lili nicken. Rob schnaubt verächtlich durch die Nase.

Flori erzählt lachend weiter: »Alex hat mir da was Witziges erzählt. Patrick hat gestern Abend einen Freund angerufen und ihm erzählt, er habe eine Radtour gemacht. Dabei sei er bis zum alten Aussichtsturm gekommen und einfach mal hochgeklettert. Den alten Aussichtsturm kennt ihr doch? Und dabei sei ihm aus Versehen die Bodenklappe zugefallen, und ob Marvin, so heißt sein Freund, ihn nicht befreien könne. Der Kleine hat sich aber im Dunkeln nicht allein in den Wald getraut und Alex gebeten mitzukommen. Die beiden sind also mit Taschenlampen bewaffnet losgezogen, und als sie da oben ankamen, haben sie gesehen, dass die Bodenklappe von außen mit einem dicken Ast verriegelt war.«

Rob guckt mich scharf an. Ich grinse zurück.

»Alex hat dann die Bodenklappe aufgedrückt und der gute Patrick hat sofort angefangen zu winseln. Er wisse auch nicht, wie das passiert sein könne. Wahrscheinlich der Wind oder er sei über die Klappe gestolpert. Und ja, ganz allein sei er hier oben gewesen. Blöder Zufall und bla, bla, bla.« Flori feixt. »Ihr wisst ja, wie oft Alex schon genervt von dem kleinen Stinkstiefel war. Er hat also erst mal gar nichts gesagt und Patrick hat beim Runtergehen eine wilde Geschichte erzählt, in der er immer wieder betont hat, dass er mutterseelenallein im Wald gewesen sei. Und dann, unten, will er sich sein Fahrrad schnappen, das er wohl bei der Bank geparkt hatte, und da sind alle Fahrradteile fein säuberlich in den Bäumen ringsum aufgehängt. Da hat jemand sogar den Zahnkranz zerlegt. Alex hat sich echt nicht mehr eingekriegt. Von wegen ganz allein im Wald. Da hat es jemand ganz gezielt auf *Coolman* abgesehen. *Coolman!* So nennt er

sich im Chat!« Flori wischt sich die Lachtränen aus dem
Auge.

»Genial!«, ruft Biene. »Wer das gemacht hat, ist echt genial. War höchste Zeit, dass der kleine Schleimer mal einen
Denkzettel verpasst bekommt.«

Rob kratzt sich am Kopf. Er sieht nicht so aus, als ob er
das Ganze auch »genial« findet.

»Ich glaub, ich kann euch sagen, wer das war«, brummt
er mit einem Seitenblick zu uns.

Mo und ich grinsen uns an. Mit so einem Erfolg haben wir
nicht im Traum gerechnet.

Alle bedrängen uns mit Fragen und lachen sich kaputt,
als herauskommt, dass Patrick schon seit dem frühen Nachmittag auf dem Turm gesessen und offenbar stundenlang
zu eitel oder zu feige war, jemanden anzurufen.

»Hihi!«, giggelt Biene. »Der große Frauenheld wird von
ein paar Mädchen reingelegt. Klar, dass ihm das nicht gefällt.«

Der Einzige, der sich nicht so wahnsinnig amüsiert, ist
mein lieber Bruder Rob.

»Hat er mitgekriegt, dass ihr das wart?«, fragt er. Mo und
ich schütteln kichernd den Kopf. »Und wenn doch?« Rob
guckt immer noch sauertöpfisch zu uns rüber. »Das lässt
der doch nie auf sich sitzen. Wer weiß, was der sich einfallen lässt, um es euch heimzuzahlen!«

»Süß!«, ruft Lili. »Wie er sich um seine kleine Schwester
sorgt.«

»Pfff!«, macht Rob. Diese Sichtweise scheint ihm gar nicht
zu gefallen.

Zu seiner Ehrenrettung erzähle ich die Geschichte, wie er mich damals auf dem Turm eingesperrt hat. Aber das scheint ihm auch wieder nicht recht zu sein.

»Was machst du eigentlich hier. Wolltest du nicht Pa besuchen?«, fragt er.

»Nee!«, sage ich. »Eigentlich wollten wir meinem göttergleichen Bruder und seiner affengeilen Band ein bisschen bei den Proben zuschauen. Aber du hast recht, Pa haben wir auch schon lange nicht mehr beim Blümchenziehen gestört.«

Wir sind schon an der Tür, als Biene uns noch lachend nachruft: »Kann man euch für so was buchen? Vielleicht hab ich auch mal Bedarf.«

Lili tippt sich grinsend an die Stirn. »Brauchst du so 'ne Art Racheagentur, oder was?«

Rob grunzt ungeduldig. Er will endlich mit dem Proben anfangen.

Bei Pa in der Gärtnerei bin ich eigentlich total gerne. Er zieht hier viele der Pflanzen, die Ma im Laden verkauft. Außerdem beliefert er noch ein paar andere Geschäfte in der Gegend mit Biogemüse und jeden ersten Samstag im Monat hat er einen Stand auf dem Markt im Nachbarort. Ich mag, wie es in der Gärtnerei riecht, die feuchte Luft in den Gewächshäusern und die vielen verschiedenen Pflanzen. Pa ist in der Gärtnerei anders als zu Hause. Zu Hause ist er oft von irgendwas genervt. Dann schimpft er zum Beispiel über seine Kollegen im Stadtrat, die mal wieder den Umweltschutz als Letztes behandeln und neue Parkhäuser planen, wo doch die Stadtbegrünung eh schon seit Jahrzehnten vernachlässigt wird. Oder er liefert sich Kämpfe mit Rob, der seiner Meinung nach die Vorbereitungen fürs Abi sträflich vernachlässigt. In der Gärtnerei ist Pa die Ruhe selbst. Hier geht er herum, trägt seine grüne Latzhose, seine geliebten handgestrickten Pullis und sieht immer so aus, als hätte er es kein bisschen eilig.

»Dein Pa sieht Rob total ähnlich«, hat Mo mal zu mir gesagt und seitdem sehe ich es auch. Pa hat die gleichen Locken wie Rob, bloß ein bisschen kürzer und heller, die gleichen dichten Augenbrauen und die gleichen grünen Augen. Ich dagegen komme mehr nach Ma. Wir sind beide dunkelhaarig mit braunen Augen.

Pa freut sich jedes Mal, wenn wir auftauchen. Trotzdem hab ich immer das Gefühl, ihn im Gespräch mit seinen Ringelblumen oder was auch immer zu stören.

Mo und ich bleiben eine Viertelstunde und machen uns dann vom Acker.

»Wir gehen zu mir!«, sagt Mo. »Mal sehen, ob *Coolman07* unserem *Schneewittchen* was zu sagen hat.«

Als wir vor Bolkenhagens Haus ankommen, sehen wir allerdings, dass Frau Lehmann-Schneck bei Lou auf der Fußmatte herumlungert und mal wieder was ungeheuer Wichtiges zu erzählen hat. Bevor uns jemand sehen kann, zieht Mo mich hinter das Mülltonnenhäuschen. Gebückt gehen wir in Deckung.

»Keine Lust, der schon wieder in die Arme zu laufen!«, flüstert Mo.

Die Lehmann-Schneck keift wie so oft mit ihrer krächzenden Stimme über die Jugend von heute. Und dass sich die alle nicht wundern müssen, wenn sie irgendwann am Frankfurter Hauptbahnhof landen. »Sie wissen schon, was ich meine, diese kriminellen Typen, die einem mit ihrem ständigen ›Haste mal 'n Euro‹ auf die Nerven gehen. Man traut sich als alte Frau ja gar nicht mehr auf die Straße. Schon gar nicht im Dunkeln.« Bei »Dunkeln« überschlägt sich ihre Stimme fast. Mo verdreht genervt die Augen. »Und hier bei uns fängt das an. In der Kleinstadt!« Die Lehmann-Schneck fuchtelt mit erhobenem Zeigefinger in der Luft rum. »Ich sage nur: Wehret den Anfängen. Ich meine, wenn sogar Ihr Fräulein Tochter am helllichten Tag rauchend auf der Straße steht. Am helllichten Tag, das müssen Sie sich mal vorstellen.«

Verblüfft gucken wir uns an. Das ist uns neu. Mo und ich rauchen nicht. Ich hab es nur einmal versucht. In der vierten Klasse. Als Mutprobe. Und Mo ist sowieso total angeekelt von Zigarettenrauch.

Jetzt ist zum ersten Mal Frau von Bolkenhagen zu hören. »Das ist doch nicht möglich!«, haucht sie. Man kann förmlich hören, wie sie blass wird, und man merkt genau, dass sie es sehr wohl für möglich hält.

»Ich hab es genau gesehen!«, triumphiert die Lehmann-Schneck. »Letzten Dienstag vor der Stadtbücherei.«

»Vor der Stadtbücherei!«, krächzt Frau von Bolkenhagen entsetzt. Als wenn es dort schlimmer wäre als woanders.

Die Lehmann-Schneck freut sich offensichtlich über ihren Triumph und kommt nun schnell zu dem, was sie »eigentlich« bei Bolkenhagens wollte. Nämlich ein Tütchen Vanille-zucker. Sie backe gerade mal wieder Törtchen für den Kirchenbasar. Das süßliche Lächeln sehe ich förmlich vor mir.

Mos Mutter holt schnell das Gewünschte und versichert, dass sie natürlich beim nächsten Mal auch mitmache. Sie habe ein wundervolles Rezept für Brownies von ihrer Schwiegermutter. Da könne sie gern ein, zwei Bleche für den Basar ...

»Mir wird schlecht!«, sagt Mo, als die Haustür endlich ins Schloss fällt. Mit dem Rücken lässt sie sich an der Wand des Mülltonnenhäuschens runterrutschen und landet mit dem Po in Lous Stiefmütterchen.

»Wir haben doch im Leben noch nie geraucht!«, sage ich. »Oder hast du?«

»Natürlich nicht!« Mo ist echt empört. »Die hat entweder Halluzinationen oder lügt ganz einfach.« Mo steht auf und klopft sich den Hosenboden sauber. »Ich muss hier weg!«, sagt sie. »Hab jetzt keine Lust auf Diskussionen. Echt nicht.«

»Dann gehen wir eben zu mir!«, sage ich. »Vielleicht können wir mit Robs Computer ins Internet.«

Aber Mo hört gar nicht richtig hin. Mit der Schuhspitze kickt sie einen Stein vor sich her. Das Ganze macht ihr anscheinend schwer zu schaffen. Ist ja auch kein Wunder. Ihre Mutter ist, was Rauchen oder Drogen angeht, eine echte Hysterikerin.

»Wenn ich mir je das Rauchen angewöhne«, hat Mo mal gesagt, »dann nur, damit sie endlich mal was findet, wenn sie meine Jackentaschen nach Tabakkrümeln durchsucht.«

Plötzlich fällt mir etwas ein. »Ich weiß, was die alte Petze gesehen hat!«, rufe ich. Mo guckt mich fragend an. »Kannst du dich noch erinnern? Letzten Dienstag! Da standen doch diese grässlichen Typen vor der Bücherei.«

»Du meinst den dicken Schlichi und seine Kumpels? Die uns den Weg versperrt und uns so saudumm angequasselt haben?«

»Genau!«, sage ich.

Mo klatscht sich mit der flachen Hand an die Stirn. »Ich hab dem Dicken die Zigarette aus dem Mund genommen, weil der sich so breit vor mir aufgebaut hat und mir seinen ekelhaft stinkenden Qualm absichtlich ins Gesicht gepustet hat.«

»Genau!«, sage ich. »Und die Zigarette hast du in hohem Bogen in den Teich geworfen.«

»Stimmt!«, sagt Mo. »Dafür hätte Schlichi mich gern geviertelt, wenn Frau Gottwald, die Büchereileiterin, nicht in dem Moment vorbeigekommen wäre.« Mo kichert, als sie daran denkt. »Aber wenn die Lehmann-Schneck diese Aktion meint, hat sie auch gesehen, dass ich keinen einzigen Zug aus der Zigarette genommen habe. Das ging doch alles ganz schnell. Und du kannst mir nicht erzählen, dass sie zwischendurch weggeguckt hat. Die nicht!« Mo schnaubt verächtlich. »Sind Petzen und Verleumder nicht früher auf dem Marktplatz ausgestellt worden und jeder durfte sie mit faulen Eiern bewerfen?«

»Leider leben wir nicht mehr im Mittelalter«, sage ich.

»Leider!«, seufzt Mo.

Traumküsse sind Schaumküsse

I ch bin so was von schlecht gelaunt heute Morgen. Ich habe von Patrick geträumt. Im Traum war er total nett. Er hat mir die Hände auf die Schultern gelegt, mir tief in die Augen geschaut und erklärt, warum das mit uns bis jetzt so schrecklich schiefgelaufen ist. »Es ist alles ein großes Missverständnis«, hat er geraunt, dabei sind seine Hände über meinen Rücken geglitten. Ich hatte eine Gänsehaut wie ein Reibeisen. Dann ist er mit den Fingern von unten in meine Haare gefahren, hat meinen Kopf immer näher zu sich hingezogen und wollte mich gerade küssen, als Ma an meine Tür gewummert hat.

»Aufstehen, Maxi! Wir müssen uns alle beeilen. Ich hab heute Morgen leider verschlafen.«

Na toll! Erstens habe ich den Kuss verpasst und zweitens habe ich jetzt keine Zeit mehr, mir darüber klar zu werden, warum ich von dem Arsch überhaupt noch geküsst werden will. Ich packe meinen Kram und haste los. Ma wedelt noch mit der Müslipackung. »Willst du gar nichts frühstücken?«

Gar nichts muss ich. Jedenfalls heute nicht.

Vor der Schule steht Mo und sieht auch nicht gerade glücklich aus.

»Wie war's gestern?«, frage ich. »Was hat deine Mutter gesagt?«

Mo pustet sich die Haare aus der Stirn. »Nichts!«, sagt sie und klingt ziemlich genervt.

»Nichts?«

»Nein, nichts!«, blafft Mo. »Sie hat so getan, als wüsste sie von nichts, hat mir aber so einen blöden Entgiftungstee vorgesetzt und mir ein paar Heilsteine ins Zimmer geschmuggelt, die angeblich vor Sucht schützen sollen. Als wenn ich so was nicht merken würde. Echt!« Mo tritt gegen einen der Pfosten vom Schwarzen Brett. »Und heute Morgen beim Frühstück hat sie gesäuselt: Du weißt schon Mäuselchen, dass wir über alles miteinander reden können.« Mo ballt die Hände. »Mäuselchen! Hast du eine Ahnung, wie ich es hasse, so genannt zu werden?«

Ich habe eine Ahnung! Das letzte Mal, als Frau von Bolkenhagen diese Anrede verwendet hat, hat Mo daraufhin eine nasse Spülbürste quer durch die Küche geworfen. Die Spülbürste ist in der Salatschüssel gelandet und Mos Mutter hat gesäuselt. »Mäuselchen, wir können doch über alles reden.« Das scheint so eine Art Standardspruch in schwierigen Situationen zu sein.

Mo zuckt resigniert die Achseln. »Wenn sie mich direkt angegriffen hätte, hätte ich die Sache wenigstens klarstellen können. Aber so …«

Wir kommen zu spät in die Stunde von Mathe-Schleicher. (Mathe-Schleicher heißt eigentlich Friedrich Renner. Aber so wie er immer durch die Schule schlurft, passt sein Spitzname deutlich besser zu ihm.) Alle drehen sich nach uns um, grinsen und ziehen seltsame Grimassen. Oh Mann! So ungewöhnlich ist es doch echt nicht, wenn man mal zu spät kommt.

»Was haben die denn?«, flüstert Mo. Aber wir müssen noch bis zur kleinen Pause warten, um es zu erfahren.

»Hast du gewusst, dass Patrick der Sohn von der Schmidt ist?«, frage ich. Frau Schmidt arbeitet im Sekretariat unserer Schule und es ist mir bis jetzt nicht aufgefallen, dass sie und Patrick den gleichen Nachnamen haben.

Mo schüttelt den Kopf. »Was ich allerdings viel interessanter finde: Warum wissen hier plötzlich alle darüber Bescheid, was dem Sohnemann von Frau Schmidt auf dem Eduardsturm passiert ist? Du hast doch nichts erzählt, oder?«

Ich schüttle den Kopf. Wir hocken auf der Fensterbank von unserem Klassenzimmer und sind umringt von der gesammelten 8c. Wir werden mit grölendem Gelächter und tausend Fragen bestürmt. Jetzt wissen natürlich alle, dass ich in Patrick verknallt bin. Es ist total peinlich! Wenn ich Biene, Flori und Lili erwische, können die was erleben. Ich bin mir sicher, dass sie die Nachricht verbreitet haben, so begeistert, wie die gestern waren. Und obwohl die Oberstufe in einer völlig anderen Umlaufbahn kreist, gehen wir halt doch in die gleiche Schule.

»Das habt ihr gut gemacht!«, ruft Felicitas. Sie strahlt und boxt mit der Faust in die Luft. Felicitas geht sonst nicht so aus sich raus. Ehrlich gesagt hab ich sie noch nie so herzhaft lachen gesehen. Sie ist eine von denen, die man nie so richtig mitkriegt.

»Du bist doch bloß neidisch, weil sich mit **dir** überhaupt niemand verabreden will!« Es ist Jacqueline, die das sagt. Felicitas wird schlagartig blass und beißt sich auf die Lippe. Mo starrt Jacqueline entsetzt an. »Ist doch wahr!«, sagt die daraufhin halblaut zu ihrer Freundin Marie-Sophie. »Wer verknallt sich schon in Fettärsche!«

Denkt die echt, wir hören das nicht? Felicitas dreht sich um und will aus dem Klassenzimmer gehen, aber da kommt schon die Müller-Lingscheid, um uns englische Vokabeln einzupauken.

Mo und ich gucken uns an. »Tss, Jacqueline! Die tickt doch wohl nicht sauber!«, sagt Mo.

»Miss Bolkenhagen!«, sagt Frau Müller-Lingscheid. »Please, could you explain us the grammar of unit seven.«

Mo stöhnt. Der Morgen geht genauso ungemütlich weiter, wie er angefangen hat. Ich drehe mich zu Felicitas um, aber die hat sich hinter ihrem Englischbuch verschanzt und kommt für den Rest der Stunde nicht mehr dahinter hervor.

Endlich habe ich Zeit, mir mal ein paar Gedanken zu machen. Ich versuche, mir die Szene aus meinem Traum noch mal vorzuholen. Den Moment, wo Patrick kurz davor ist, mich zu küssen. Aber es ist nicht dasselbe. Im Traum wollte er es freiwillig tun und jetzt will ich ihn zwingen. Ich seufze und frage mich: Will ich überhaupt noch von ihm geküsst werden? Mein Verstand plärrt: »Nein! Auf keinen Fall! Von so einem doch nicht!« Und mit meinem Gefühl muss ich mal ein ernstes Wort reden. Es kann einfach nicht sein, dass es mir immer noch Sehnsucht nach diesem Oberdeppen vorgaukelt.

Am Nachmittag ist wieder Probe bei Doktor Fliegel. Vorher haben wir noch in Patricks Chatroom geguckt, aber *Coolman07* ist nicht mehr aufgetaucht.

»Der hockt bestimmt zu Hause bei Mama und lässt sich mit Schokopudding trösten«, hat Mo gemeint.

So ein Quatsch! *Mister Coolman* und Schokoladenpudding. Das glaubt sie doch selbst nicht.

Doktor Fliegel präsentiert uns heute den fünften Streich. Es ist der, bei dem Max und Moritz eine Tüte krabbelnder Maikäfer im Bett von ihrem Onkel Fritz verstecken. Klasse Idee, eigentlich! Aber Fliegels Lieder sind einfach strohlangweilig. Es gibt eine lange Passage für den Chor:

»Wer in Dorfe oder Stadt einen Onkel wohnen hat, der sei höflich und bescheiden, denn das mag der Onkel leiden …«

»Klingt echt bescheiden!«, sagt Mo. »Wenn ich mir vorstelle, dass bei der Aufführung die ganze Schule zuguckt, wird mir schlecht!« Mo verzieht das Gesicht, als hätte sie in eine Zitrone gebissen.

Ach du Scheiße! Mir wird heiß vor Schreck. Dabei weiß jedes Kind: Es ist Tradition, dass das Singspiel seine Uraufführung an unserer Schule hat. Wenn Frau Schmidt nun ihren Sohn mit zur Premiere bringt … Oder die *Roaring Lions*, die gucken garantiert auch zu … Und Jonathan und seine Clique. Das ganze Ausmaß der Katastrophe wird mir erst jetzt bewusst. Scheiße, noch vor einem halben Jahr war ich ganz heiß drauf, in Fliegels Singspiel mitzumachen. Und nun?

»Das ist so uncool!«, jammere ich. Aber aussteigen können wir jetzt nicht mehr. Das ist auch klar. Wieder und wieder probt der Chor das Lied vom Onkel Fritz und bei jedem Mal wird es unerträglicher.

»Fritz!«, sage ich, als wir endlich wieder draußen an der frischen Luft sind. »Ist das nicht der Nachname von Jonathan?« Mo zuckt zusammen. Ich grinse. »Schöner Name übrigens, Jonathan!« Und dann so, als würde es mir gerade ganz zufällig einfallen: »Weißt du eigentlich, ob der eine Freundin hat?«

Mo fährt herum. »Wieso?« Ihr Gesicht läuft glutrot an.

»Nur so!«, sage ich und tue, als ob ich überhaupt nichts merke.

Das Ganze fängt gerade an, mir Spaß zu machen, als wir die Lehmann-Schneck in Mas Blumenladen verschwinden sehen. Ausgerechnet die! Wir schleichen uns zum Lieferanteneingang, schieben vorsichtig die Tür auf und hören durch den Perlenvorhang, der diesen hinteren Bereich vom übrigen Laden trennt, die Stimme der alten Schnecke.

»Frau Düwel! Das wollte ich Ihnen schon immer mal sagen. Diese kleine von Bolkenhagen ist nun wirklich kein Umgang für Ihre Tochter. Ich meine, Sie haben doch eine Verantwortung Ihrem guten Ruf gegenüber.«

Wir schielen durch den Vorhang. Die Lehmann-Schneck hat sich vor Mas Tresen aufgebaut. Mit ihrer spitzen Nase, den gefärbten, graublonden Locken und dem mit kleinen Enten bedruckten Schultertuch, das sie meistens trägt, hat sie Ähnlichkeit mit einem Huhn.

»Was kann ich für Sie tun, Frau Lehmann-Schneck?«, fragt Ma freundlich.

»Äh!« Die Schnecke guckt sich irritiert im Laden um. »Ich brauche eine Pflanze«, sagt sie dann. »Irgendetwas Unverwüstliches.« Mit spitzen Fingern zupft sie an einem Usambaraveilchen herum. »Was kostet dieses hier?« Sie stellt den Topf mit dem Veilchen auf den Tresen. »Aber wie gesagt: Haben Sie ein Auge auf Ihr Fräulein Tochter. Diese von Bolkenhagen ...« Die Schnecke beugt sich über den Tresen. Ihre Nase berührt fast Mas Gesicht. »Sie raucht auf offener Straße. In dem Alter. Man weiß ja, wie das so läuft. Irgendwann sieht man sie dann am Frankfurter Hauptbahnhof um einen Euro betteln.«

»Frau Lehmann-Schneck, darf ich Ihnen die Pflanze in Papier einschlagen?«, fragt Ma.

»Bitte!«, antwortet die Schnecke und schnupft Luft durch die Nase. »Ich will ja nichts gesagt haben. Aber wehret den Anfängen! Kann man gar nicht genug aufpassen, auf diese Jugend von heute.«

Ma fängt an, das winzige Veilchen in einen riesigen Bogen Seidenpapier zu wickeln. Sie antwortet nicht. Nur die Lippen hält sie fest aufeinandergepresst. Genau wie neulich, als sie gedacht hat, Pa habe ihren Kennenlern-Tag vergessen.

Frau Lehmann-Schneck gibt nicht auf. »Und wie die herumlaufen die beiden. Ich meine, das **muss** Ihnen als Ladenbesitzerin doch gegen den Strich gehen.«

»Ich finde meine Tochter sehr hübsch, so wie sie ist, Frau Lehmann-Schneck!«, sagt Ma und lächelt ihr breitestes Lächeln.

Die Ladentür klingelt, als die Schnecke nach draußen rauscht. Sie nickt einem Herrn zu, der gerade das Geschäft betreten will, und marschiert mit wehendem Ententuch davon.

Mo und ich treten den Rückzug an. »Das gibt's doch nicht!«, sagt Mo tonlos, als wir wieder in der Fußgängerzone sind.

»Sieht so aus, als müsste auch die Lehmann-Schneck mal einen Denkzettel verpasst kriegen«, sage ich.

Mo nickt und ballt die Hände zu Fäusten. »Die wird sich noch wundern, die alte Schnecke, was die ›kleine Bolkenhagen‹ für ein schlechter Umgang ist.« Mo guckt mit finster zusammengezogenen Brauen auf ihre Schuhspitzen. Deshalb sieht sie auch nicht, wer uns da gerade entgegenkommt. Aber ich sehe es. Es sind Patrick, Marvin und der Typ mit dem Lippenpiercing, den wir in der Eisdiele getroffen haben. Patrick ist stehen geblieben. Er blickt von mir zu Mo und wieder zu mir und wieder zu Mo. Anscheinend geht ihm gerade ein Licht auf.

»He, Leute!«, sagt er. »Darf ich euch *Schneewittchen* vorstellen.«

»Auch das noch!«, stöhnt Mo.

Patrick tritt an sie ran. Mich würdigt er keines Blickes. Er baut sich vor ihr auf, so dicht, dass sie zu ihm hochschauen muss. »Glaub ja nicht, dass ich das auf mir sitzen lasse!«, zischt er. »Du wirst was erleben, dass dir Hören und Sehen vergeht!« Und dann, mit einem Seitenblick zu mir. »Und du auch! Schade!« Er lacht verächtlich. »Hätte eigentlich ganz nett werden können mit uns beiden!«

Mo hat sich wieder gefasst und sagt laut: »Ich weiß gar nicht, was du hast. Mit **uns** beiden war es doch auch nett. Sehr nett sogar!« Dabei bohrt sie ihm ihren Zeigefinger in den Bauch, lächelt ihn an, als wäre sie Pamela Anderson persönlich, und wirft ihm eine Kusshand zu.

»Pfff!«, macht Patrick, dreht sich um und gibt den anderen beiden mit einem Kopfnicken das Signal zum Weitergehen.

Mo grinst siegessicher. So lange, bis sie Jonathan ein paar Meter weiter vor dem Handyladen stehen sieht.

Haste mal 'n Euro?

Ich hab ihr erzählt, dass Jonathan uns nicht gesehen hat. Diesmal hat sie mir nicht geglaubt. Ich war auch nicht sehr überzeugend, fürchte ich.

Auf jeden Fall stürzt Mo sich jetzt mit besonderem Eifer auf das Projekt: Rache an Lehmann-Schneck. Dabei haben wir völlig unerwartet Hilfe bekommen. Frau Sondermann, die wir wie immer auf der Probe getroffen haben, kennt die Lehmann-Schneck schon seit ihrer Schulzeit. Damals hieß sie noch Hildchen Lehmann und war schon genauso eine Nervensäge wie heute. Frau Sondermann weiß eine Menge über die Gewohnheiten der Schnecke. Sie muss echt froh gewesen sein, dass ihr mal jemand zuhört. Jedenfalls war sie nicht mehr zu bremsen. Mit dem ganzen Kram, den die Sondermann erzählt hat, konnten wir einen Super-Rache-plan ausarbeiten. Sie wusste sogar Einzelheiten über einen Brieffreund, den die Lehmann-Schneck schon seit Jahren hat. Er heißt Erland Geiger und der größte Wunsch der Schnecke ist es, den Herrn mal zu treffen.

»Bingo!«, sagt Mo.

Wir sitzen am Bahnhof, Bahnsteig 3, hinter der Kiste mit dem Streusalz für den Winter, und warten auf Frau Lehmann-Schneck.

»Wenn alles klappt, müsste sie jeden Moment hier sein!«, sagt Mo und reibt sich die Hände.

Von Frau Sondermann haben wir erfahren, dass die Lehmann-Schneck bei einer Laientheatergruppe mitmacht. Die proben gerade für ein Stück, das im Dreißigjährigen Krieg spielt. Wahrscheinlich ist die Schnecke total unbegabt, deshalb hat sie bloß eine Rolle im Fußvolk gekriegt. Sie muss die ganze Zeit in ein paar Lumpen gehüllt herumstehen. Nur zwei, drei Mal hat sie, mit ein paar anderen, von der einen Seite der Bühne zur anderen zu gehen. Zu sprechen hat sie nichts.

»Hoffentlich macht Rob seine Sache gut!«, sage ich.

»Wird schon!«, meint Mo. Sie hat ein unerschütterliches Vertrauen in meinen Bruder. Dabei hab ich mich diesmal echt anstrengen müssen, damit er uns hilft. Ich musste ihm schon zu verstehen geben, dass ich genau weiß, was er neulich mit Big Joe angestellt hat, statt fürs Abi zu lernen, wie er Pa weisgemacht hat …

Daraufhin hat er sich endlich breitschlagen lassen, die Schnecke von ihrer Kostümprobe weg hierherzulocken. Und zwar mit der Nachricht, dass er gerade vom Bahnhof komme, wo ihn ein gewisser Erland Geiger angesprochen habe. Der sei auf der Durchreise und habe ihn gebeten, Frau Lehmann-Schneck die Nachricht zu überbringen, dass er am Bahnhof auf sie warte. Und dass sie unbedingt sofort kommen soll. Herr Geiger habe ihr etwas sehr Wichtiges mitzuteilen. Und sie müsse sich beeilen, denn er sei schon bei ihr zu Hause gewesen und habe nur durch Zufall erfahren, dass er sie auf der Probe finden könne.

»Ob die echt kommt?«, frage ich zweifelnd.

»Wenn sie nicht wegen diesem Geiger kommt, dann auf jeden Fall wegen ihrer abartigen Neugier«, sagt Mo, aber so richtig überzeugt sieht sie nicht aus.

Die Lautsprecherdurchsage, die den ICE nach Frankfurt ankündigt, ist gerade zu Ende, als die Schnecke, mit Rob im Schlepptau, tatsächlich angehastet kommt.

»Wie 'ne echte Pennerin!«, flüstert Mo. Und da hat sie vollkommen recht. Das Lumpenkostüm sieht täuschend echt aus und vom Rennen stehen ihr die Haare auch noch wirr vom Kopf ab.

»Sie können ruhig einsteigen«, sagt Rob. »Der Zug hat noch mindestens 15 Minuten Aufenthalt. Herr Geiger sitzt im Speisewagen, glaube ich.«

Die Schnecke steigt ein. Der Schaffner pfeift, und kaum sind Mo und ich in den Zug gehopst, da setzt der sich auch schon in Bewegung. Wir winken Rob zu, der draußen auf dem Bahnsteig steht und uns einen Vogel zeigt, dann verschwinden wir für die kurze Fahrt nach Frankfurt im Klo.

»Hoffentlich zieht die Schnecke nicht die Notbremse«, kichert Mo.

»Und sie hat nicht die Notbremse gezogen?«, fragt Biene und quietscht vor Lachen.

Wir sitzen im Probenraum und erzählen den *Roaring Lions* die ganze Geschichte. Sogar Rob amüsiert sich diesmal. Die Schnecke ist wie erwartet in Frankfurt ausgestiegen, nachdem sie ihren Erland im ganzen Zug nicht gefunden hat. Mo und ich sind unauffällig hinter ihr hergeschlichen. Zuerst ist sie ein bisschen orientierungslos kreuz und quer gelaufen. Und dann hat sie angefangen, Leute anzuquatschen, ob sie wohl mal einen Euro zum Telefonieren kriegen könnte. Sie hatte ja keine Handtasche und nichts dabei. Die Leute haben so reagiert, wie sie immer reagieren, wenn sie von einem Penner angequatscht werden. Die meisten haben sie einfach ignoriert. Als die Erste ihren Geldbeutel gezückt hat, sind Mo und ich nach vorn geschossen und haben gerufen: »Frau Lehmann-Schneck, was machen Sie denn hier?« Und zu der Frau, die ihren Euro noch in der Hand hielt: »So ist das mit den Senioren von heute. Irgendwann landen sie am Hauptbahnhof und betteln um Kleingeld!« Wir konnten dann leider nicht länger zugucken, weil Mo so einen Riesenlachanfall gekriegt hat, dass wir uns hinter einer Säule verstecken mussten.

Weil es heute mit dem Proben bei den *Lions* sowieso nichts mehr wird, bleiben wir einfach hocken und quatschen weiter über dies und das. Mo und ich erzählen von Fliegels Singspiel.

»Das war schon eine dröge Veranstaltung, als ich in der Achten war«, meint Biene.

»Sie hat den Maikäfer in *Peterchens Mondfahrt* singen müssen.« Lili kichert.

»Am schlimmsten war das Kostüm! Ich sah aus wie eine Kanonenkugel. Dabei war ich damals in Rob verknallt und wollte, dass er mich schön findet!« Biene lacht und zupft meinem Bruder an den Haaren. Der wird rot und schielt zu Lili rüber. Oh Mann! Mein Bruder ist der coolste Typ, den ich kenne, aber wenn's um Lili geht, benimmt er sich, als könne er nicht bis drei zählen. Peinlich!

Ich setze mich ans Keyboard und klimpere ein paar Melodien aus dem Max-und-Moritz-Singspiel. Mo schnappt sich Robs Gitarre und steigt ein. Nach ein paar Takten fängt Mo an, die Texte zu rappen. Hier und da streut sie ihre eigenen Verse ein. Sie ist überhaupt nicht mehr zu bremsen. Ihre Haare fliegen durch die Luft. Mit ihrer Begeisterung reißt sie alle mit. Und zum Schluss haben wir eine richtige Jamsession mit den *Roaring Lions*.

»Puh!«, lacht Lili, als die letzten Töne verklungen sind. »Das müsste sich der Fliegel mal anhören.« Sie ist noch ganz außer Atem.

»Bloß nicht!« Biene kichert. »Den armen Kerl würde wahrscheinlich der Schlag treffen.«

»Wollen wir noch mal in die Eisdiele?«, fragt Mo später, als wir wieder unterwegs in die Stadt sind.

»Ich hab keine Kohle mehr!«, sage ich.

»Ach komm!«, bettelt Mo. »Ich lad dich ein.«

»Ist bei dir plötzlich der Reichtum ausgebrochen?«, frage ich. Der Monat ist nämlich schon alt. Um diese Zeit ist Taschengeld bekanntlich Mangelware.

»Nicht wirklich!«, sagt Mo. »Ich werde mit Jolanthe reden müssen.« Jolanthe ist Mos Sparsau, und an die geht sie eigentlich nur in Notfällen. Ein Notfall! Ach so! Mir geht ein Licht auf.

»Ob Patrick da ist?«, frage ich scheinheilig. »Oder Jonathan?«

Mo antwortet nicht.

»Wann hast du eigentlich vor zu beichten, dass du dich in ihn verknallt hast?«, frage ich.

»In Patrick?«, fragt Mo.

»Du weißt genau, wen ich meine!«

»Nee, keine Ahnung!«, sagt Mo und grinst. Ihr Gesicht läuft schweinchenrosa an.

Es sieht so aus, als hätte Mo ihr Taschengeld umsonst rausgehauen. In der Eisdiele ist überhaupt niemand, den wir kennen. Und obwohl wir eine ganze Weile vor unserer Erdbeermilch hocken bleiben, taucht auch niemand mehr auf. Erst als wir auf dem Heimweg sind, sehen wir ein bekanntes Gesicht.

»Seit wann hat Big Joe denn ein Auto?«, frage ich.

Vor uns, an einer roten Ampel, steht ein alter Golf-Cabrio mit Bienes Freund Big Joe am Steuer.

Mo zuckt die Achseln. »Ich weiß nur, dass er neulich seinen Führerschein gemacht hat.«

Die Ampel wird grün und Big Joe rast mit quietschenden Reifen davon.

Sparschwein und Pistazieneis

Wenn du so weitermachst, stirbt Jolanthe an Magersucht!«, sage ich, als wir zum dritten Mal in dieser Woche die Eisdiele ansteuern.

»Das erspart es ihr, geschlachtet zu werden!«, sagt Mo ungerührt und will sich an einen Tisch unter dem Sonnenschirm setzen. Zu spät bemerken wir, dass am Tisch daneben Patrick und Marvin sitzen. Ich zucke zusammen und wie üblich macht mein Herz den Presslufthammer. Ich beiße mir auf die Lippe und lege auf der Stelle ein Gelübde ab. Wenn ich Patrick irgendwann einmal begegne, ohne dass mein Innenleben verrückt spielt, lade ich Mo zu einem doppelten *Liebeszauber* ein. Hoch und heilig versprochen!

Wir wollen uns gerade setzen, als uns eine Frau anspricht. Sie sieht aus wie ein Erdbeertörtchen: Blonde Haare mit rosa Spangen, rosa Lippenstift, ein Kostüm, das die Farbe von Erdbeersahne hat, weiße Schuhe und ein rosafarbenes Top.

»Entschuldigt, Kinder!«, sagt sie. »Würde es euch etwas ausmachen, euch an den Tisch da drüben zu setzen? Ich habe eine empfindliche Haut und kann die Sonne nicht vertragen.« Wie zum Beweis wedelt sie sich mit der flachen Hand Luft zu.

»Kein Problem!«, sage ich und steuere mit Mo den Tisch neben dem Blumenkübel an.

»Was hat er denn?«, fragt Mo und deutet zu Patrick rüber. Der ist aufgesprungen, rudert mit den Armen, läuft rot an, reißt den Mund auf, bringt keinen Ton raus außer einem etwas dümmlich klingenden »Ääääh!«.

Die Erdbeerdame guckt ihn ohne großes Interesse an und lässt sich unter dem Sonnenschirm nieder. Nur um mit einem schrillen Schrei sofort wieder aufzuspringen.

»Was ist das denn?«, frage ich entgeistert. Auf dem rosa-farbenen Hinterteil der Dame macht sich ein riesiger grün-licher Fleck von der Größe eines Kuhfladens breit.

»Sieht aus wie Kacke!«, sagt Mo. »Aber ich glaub, es ist Pistazieneis.«

Patricks Gesicht hat inzwischen die Farbe von Johannis-beergelee angenommen. Die Dame schreit nach der Bedie-nung. Ihre Stimme kippt hysterisch, als sie quietscht, sie habe eine wichtige Verabredung und nun das. Der Chef der Eisdiele verspricht, die Reinigung zu bezahlen.

Ein Mann am Nebentisch brüllt: »Das war dieser junge Mann. Ich hab's genau gesehen!« Mit dem Daumen zeigt er in Patricks Richtung.

Der sitzt wie angewurzelt und schafft es bloß noch, seinen Kopf zu schütteln und zu wimmern: »Ich war's nicht … Ich war's nicht!« Aber die Chancen, dass ihm jemand glaubt, stehen schlecht.

Mo und ich haben die Ruhe weg.

»Das war eigentlich für deinen Po gedacht!«, sage ich.

»Oder für deinen!« Mo grinst.

Beide lassen wir Patrick nicht aus den Augen, und als er endlich zu uns rüberguckt, setzen wir unser unschuldigstes

Lächeln auf. Wut und Hass stehen ihm regelrecht ins Gesicht geschrieben.

»Man könnte Angst kriegen!«, sagt Mo gelassen und greift nach der Eiskarte.

Wir haben noch eine Weile beobachtet, wie Patrick versucht hat, sich zu verteidigen. Aber je mehr Zeit vergeht, ohne dass Jonathan auf der Bildfläche erscheint, desto mehr sinkt Mos Laune in den Keller.

Ich überlege, wie ich den angebrochenen Tag retten könnte, und schlage ihr vor, mal wieder bei den *Roaring Lions* aufzukreuzen. Mo ist einverstanden, bleibt auf dem Weg aber ziemlich einsilbig.

»Beim nächsten Mal kommt er bestimmt!«, versuche ich zu trösten.

»Jolanthe ist so gut wie alle!«, antwortet Mo düster.

Au Backe! Und noch vier Tage bis zum Ersten.

Im Probenraum ist heute tote Hose. Nur Biene sitzt auf dem Drehstuhl hinter ihrem Keyboard und guckt finster auf die Tasten. Na toll! Jetzt hab ich es mit zwei schlecht gelaunten Frauen zu tun.

»Ach, ihr seid's!«, sagte Biene, als wir durch die Tür kommen. Dann klimpert sie mit einem Finger ein paar grauenerregende Töne, knallt mit der Faust auf die Tastatur und dreht sich mit Schwung zu uns um. Eine Weile wandern ihre Blicke zwischen Mo und mir hin und her, so als würde sie irgendwas überlegen, aber nicht genau wissen, was. Schließlich haut sie mit der flachen Hand auf ihr Instrument und sagt: »Ich hätte einen Auftrag für euch!«

»Was denn?«, frage ich. »Brötchen holen? Noten kopieren? Klo putzen?«

»Quatsch! Ihr sollt jemandem einen Denkzettel verpassen!«

Mo grinst. »Anscheinend denkt man, wir sind wirklich so 'ne Art Racheagentur.«

»Genau!«, sagt Biene. »Warum denn auch nicht? Ihr könnt das doch so gut. Und seine Talente soll man nutzen!« Sie grinst bitter und wirbelt noch einmal auf dem Drehstuhl herum. »Also was ist?«

»Was ist? ... Die Frage müssten erst mal wir stellen«, sage ich. »Worum geht's denn überhaupt?«

»Big Joe!«, sagt Biene und steht auf.

»Big Joe!«, wiederhole ich.

»Ja, Big Joe!«, schreit Biene. Man merkt genau, dass sie kurz davor ist zu heulen. So, als wollte sie genau das verhindern, sprudelt sie los und erzählt, fast ohne Luft zu holen, dass Big Joe sich total merkwürdig benimmt, seit er dieses alte Cabriolet von seiner Mutter bekommen hat. »Er meldet sich kaum noch und geht auch nicht ans Telefon. Früher konnte ich ihn am Handy immer erwischen. Jetzt behauptet er dauernd, er habe es zu Hause liegen gelassen. Pfff! Wer's glaubt, wird selig! Ich hab ihn gefragt, ob er überhaupt noch mit mir zusammen sein will, und er hat gemeint: Ja logisch! Wie ich überhaupt auf diese Frage komme. Und dann ist er wieder tagelang verschwunden. Düst mit seinem Flitzer in der Gegend rum und gibt an.« Biene putzt sich die Nase. Als sie weiterredet, können wir sie kaum verstehen. »Und jetzt weiß ich, dass er meistens gar nicht allein unterwegs ist. Er hat schon fast alle Mädchen aus unserer Klasse mitgenommen. Ausgerechnet Mascha, hinter der sowieso alle her sind, weil sie angeblich die Schönste in der ganzen Schule ist ...« Biene verdreht die Augen und schnieft: »... war schon mindestens drei Mal mit ihm unterwegs. Und mir erzählt er, er müsse seine Mutter zum Einkaufen fahren. Ich hätte ja schon längst mit ihm Schluss gemacht, aber dann steht er plötzlich vor der Tür und fragt: Hi, Biene, kleine Spritztour gefällig? Und dann ist auf einmal alles wieder wie früher. Der weiß überhaupt nicht, was er will. Echt!«

An der Stelle bricht Biene endgültig in Tränen aus. Wir reichen ihr ein Päckchen Taschentücher und stehen mit hängenden Armen etwas hilflos herum. Sollen wir sie jetzt in den Arm nehmen? Wie tröstet man jemanden, der fünf Jahre älter ist als man selbst? Mo räuspert sich und macht den Mund auf, aber sagen tut sie dann doch nichts. Biene heult immer weiter. Ihre Nase sieht schon aus wie eine vollreife Tomate. Ich bin heilfroh, dass ich wegen Patrick bis jetzt noch nie so geheult habe. Jedenfalls nicht in der Öffentlichkeit. Das haben diese Typen einfach nicht verdient.

Irgendwann putzt sich Biene geräuschvoll die Nase. »Scheiße!«, piepst sie und versucht ein schiefes Grinsen. »Heulen war echt das Letzte, was ich wollte, ehrlich!«

Ich lege ihr die Hand auf die Schulter. »Wir kümmern uns drum!«, sage ich und mit einem Seitenblick zu Mo: »Okay?«

»Okay!«, sagt Mo.

Biene lächelt uns an. Mit dem verheulten Gesicht und den zerstrubbelten Haaren sieht sie aus wie ein trauriger Zirkusclown. »Wenn ihr das schafft, habt ihr was gut bei mir«, sagt sie mit einer Stimme, die wie eine verstopfte Trompete klingt.

»Warum sind bloß alle Typen solche elenden Mistkerle?«, ruft Mo laut und fast ein wenig schrill, als wir später wieder in der Stadt unterwegs sind.

Nur blöd, dass wir in dem Moment ausgerechnet Jonathan in die Arme laufen. Er sagt nichts außer einem hingemurmelten »Hei!« und geht weiter.

Mo starrt ihm mit offenem Mund hinterher. »Scheiße!«, haucht sie tonlos.

»Das nenne ich Timing!«

Mo guckt mich an, als würde sie mich im nächsten Moment fressen wollen. Dabei kann ich doch wirklich nichts dafür.

Außerirdische und fliegende Tassen

Ich sitze mit Patrick auf der Bank hinter der Sparkasse. Er hat mir die Hand aufs Knie gelegt und guckt mich mit sanften Honigaugen an. »Maximiliane«, flüstert er. »Du musst doch wissen, dass du die Einzige für mich bist. Können wir diese dummen Missverständnisse, die uns trennen, nicht aus der Welt schaffen?« Er lächelt und lässt seine Finger zart durch meine Haare gleiten. Er beugt sich vor, zieht meinen Kopf zu sich heran, streicht mit dem Daumen über meine Unterlippe, ganz nah ist sein Gesicht dem meinen. »He!«, flüstert er und schaut mir leicht belustigt in die Augen. »Wie konntest du auch nur eine Sekunde zweifeln?« Seine Lippen berühren meine Wangen, meine Nasenspitze und dann … Ich habe das Gefühl, als ob heiße Lava in meinem Magen kocht … küsst er mich auf den Mund. Er küsst so, dass ich alles um mich herum vergesse. Neben uns hält eine Straßenbahn. Mit schrillem Bimmeln kommt sie zum Stehen. He, Moment mal! Seit wann gibt es in unserem Kaff eine Straßenbahn?

Ich richte mich auf. Kein Patrick mehr da. Auch keine Sparkasse. Keine Straßenbahn. Nur dieses mörderische Bimmeln. Oh, nee! Das ist Robs Wecker. Den hat er mir gestern ins Zimmer gestellt, damit ich nicht verschlafe. Ma und Pa sind heute schon sehr früh unterwegs, und Rob, der mich eigentlich wecken sollte, hat beschlossen, die ersten beiden Stunden ausfallen zu lassen.

Ich stehe auf und wanke unter die Dusche. Unter der warmen Brause kann ich noch ein bisschen weiterdösen, aber Patrick taucht nicht mehr auf. Vielleicht ist er wasserscheu.

In der Küche trinke ich eine Tasse heißen Kakao und mampfe lustlos eine kleine Schale Früchtemüsli.

Draußen regnet es in Strömen. Ich nehme einen Schirm mit. Wie eine Schlafwandlerin latsche ich unter dem grellbunten Stoffhimmel in Richtung Schule. Es kommt mir vor, als steuerte ich in einem kleinen Raumschiff durch eine fremde Galaxie. Die Menschen, die mir begegnen, sind Außerirdische, die eine seltsame Sprache sprechen.

Erst Mathe-Schleicher bringt mich in die raue Wirklichkeit zurück. Er lässt gleich in der ersten Stunde eine Ex schreiben. Das Klassenzimmer dampft von den vielen feuchten Klamotten und auch von den auf Hochtouren arbeitenden Hirnen.

Die Ex ist sauschwer. In der Pause fühle ich mich von der Anstrengung total zermatscht. Oder ist es deshalb, weil sich mein Innenleben immer noch wie warmer Vanillepudding anfühlt? Wegen diesen geträumten Küssen? Das ist doch blöd!

»Ist dir schon was eingefallen?«, fragt Mo. Ich gucke sie verständnislos an. »Wegen Biene«, sagt sie. Ich schüttle den Kopf. Mo beißt in ihre Banane und sagt: »Am besten, wir beobachten Big Joe mal eine Weile. Wenn wir wissen, was er immer so treibt, fällt uns sicher was ein.« Sie stupst mir ihren Finger in die Seite. »He! Was ist los? Bist du noch nicht wach?«

Ich will gerade was antworten, als Jacqueline und Marie-Sophie an uns vorbeiwackeln. Sie steuern direkt auf Felicitas zu und rufen ihr zu: »Das ist ja ein süüüßer Pulli, den du da anhast. Aus welcher Kleiderspende hast du den denn rausgeklaut?«

Dann kichern sie hemmungslos. Felicitas verzieht keine Miene. Jacqueline zupft sich ihr Oberteil zurecht (nagelneu, von Donna Karan, glaub ich) und wirft ihre Haarmähne in den Nacken. Marie-Sophie hat sich bei ihr eingehängt:

»Die Hosen sind jedenfalls von C&A. Solche trägt mein kleiner fetter Bruder auch!«

»Die beiden sind zum Kotzen!«, stöhne ich und bin endlich wieder voll da. »Es hat aufgehört zu regnen. Wenn wir Glück haben, kann Big Joe heute Nachmittag wieder Cabrio fahren«, sage ich zu Mo. »Wir legen uns auf die Lauer. Dann wird uns schon was einfallen.«

»Na also!«, lacht Mo. »Es geht doch.« Mit einem lässigen Schwung wirft sie die Bananenschale in den Mülleimer, dreht sich um und stolpert über ihre eigenen Füße.

Alles klar! Jonathan ist an der Treppe zur Pausenhalle aufgetaucht.

»Das war ja echt einsame Spitze!«, stöhnt Mo am Nachmittag genervt. Wir sind unterwegs zu mir nach Hause, weil unsere Belauerungsaktion voll in die Hose gegangen ist. Erst haben wir eine geschlagene Stunde vor Big Joes Haus herumgelungert. Dann ist er rausgekommen, hat seine Jacke auf den Rücksitz von seinem Auto geworfen, ist eingestiegen und – wusch – war er weg. Dabei hatten wir es so schön geplant, wie wir ihn in ein Gespräch verwickeln.

Nur Mo zuliebe schlage ich vor, den Umweg an der Eisdiele vorbei zu machen. Vielleicht lässt sich Jonathan ja diesmal dort blicken. Ob Patrick auch da ist, interessiert mich natürlich nicht die Bohne. Wirklich nicht!

Weder Jonathan noch Patrick sind zu entdecken. Stattdessen sitzt Bienes kleiner Bruder Oskar auf einer Mauer schräg gegenüber der Eisdiele, baumelt mit den Beinen und schleckt an einem Eis in der Waffel. Kleiner Bruder ist gut. Er ist drei Jahre jünger als Biene, überragt sie aber um mindestens zwanzig Zentimeter. Ähnlich sehen sich die beiden auch nicht. Biene ist blond und Oskar hat eine undefinierbare Haarfarbe. Irgendwas zwischen straßenköterbraun und möhrenrot. Auch sind seine Haare kurz und irgendwie struppig, während Bienes glatt und lang sind. Auch die Augen sind anders. Oskars sehen in diesem Licht knallblau aus. Bienes sind eher graugrün, wenn ich mich richtig erinnere.

Mo behauptet, dass sie dringend aufs Klo muss, und verschwindet in der Eisdiele. Ich wette, sie will bloß Zeit schinden. In der Hoffnung, dass **er** doch noch auftaucht.

Weil ich sonst nichts zu tun habe, schiebe ich mit dem Fahrrad auf Oskar zu.

»Hei!«, grüße ich und lehne mein Fahrrad gegen die Mauer. »Wie geht's deiner Schwester?« Der braucht ja nicht zu wissen, dass ich da möglicherweise besser informiert bin als er selber.

Oskar guckt erstaunt von seinem Eis hoch. Na ja! Es ist, glaube ich, das erste Mal, dass ich ihn anspreche. Aber was soll's, wundert er sich halt ein bisschen. Hier geht's schließlich um einen guten Zweck. Vielleicht kriege ich ja was raus, das uns weiterbringt, nachdem uns doch schon Big Joe durch die Lappen gegangen ist.

Im Moment sieht es allerdings nicht so aus, als ob da was gehen würde. Oskar murmelt zwar seinerseits ein »Hei«, widmet sich aber dann wieder seinem Eis und sagt keinen Mucks mehr.

»Ich mein ja nur!«, sage ich und schwinge mich neben ihn auf die Mauer. »Neulich im Probenraum war sie ziemlich schlecht drauf.«

Oskar grinst. »Liebeskummer, schätze ich!«, sagt er.

»Wegen Big Joe?«, frage ich scheinheilig.

»Ts! Dieser Spinner!« Oskar tunkt seine Zunge in das Waffelhörnchen und schleckt die letzten Reste Eis heraus. Heidelbeer, würde ich sagen. Der Farbe nach zu urteilen.

»Das Blöde ist«, sagt er und kommt richtig in Fahrt, »ich krieg die ganze Zeit mit, dass er mit anderen Mädchen rumzieht. Ein Kumpel von mir wohnt genau neben Big Joe«, fügt er erklärend hinzu. »Ich hab versucht, es Biene zu verklickern, da ist sie total ausgeflippt. Seitdem halte ich den Mund.« Er guckt mich erschrocken an, als ob ihm erst jetzt auffällt, dass er nicht mit einem seiner Kumpels spricht, sondern mit mir. Er steckt sich den Rest der Eiswaffel ganz in den Mund, schluckt, hustet, wuschelt sich mit der Hand durch die Haare, grinst verlegen und fragt: »Was würdest du denn an meiner Stelle machen?« Ich zucke die Achseln, will antworten, aber er redet schon weiter. »Morgen zum Beispiel! Morgen ist doch Freitag? Genau! Da weiß ich genau, dass Big Joe mit dieser Mascha aus Bienes Klasse ins Autokino will. Soll ich ihr das jetzt erzählen oder lieber nicht?«

»Ich würd's lassen!«

Oskar grinst mich an. (Sieht eigentlich echt nett aus, wenn er grinst.) »Hast recht!«, sagt er. »Denn wem fliegen dann wieder die Kaffeetassen um die Ohren? Mir!«

»Echt?«, frage ich und muss lachen.

»Echt!«, sagt er. »Das letzte Mal hat sie mit ihrer Lieblingstasse geworfen. Eine blaue mit goldenen Herzchen. Du bist mein Augenstern, stand drauf. Zwei Scherben hat sie sich davon aufgehoben. Auf der einen steht AU und auf der anderen STERN.«

Mo kommt über die Straße. Ist schon klar. Länger kann man Pinkelngehen wirklich nicht vortäuschen. Trotzdem schade. Hier auf der Mauer fing es gerade an, gemütlich zu werden.

»Eigentlich hätte Big Joe die fliegenden Tassen verdient!«, sage ich noch.

Oskar zuckt die Achseln. »Hinterher hat sie stundenlang geheult. Das war viel schlimmer!«, sagt er. Mit einem Kopfnicken verabschiedet er sich plötzlich. Es sieht fast aus, als wäre es ihm peinlich, dass er so viel erzählt hat.

Mo guckt mich fragend an.

»Bingo!«, sage ich und gucke triumphierend zurück. »Big Joe will morgen mit Mascha ins Autokino!«

»Gute Arbeit, 007!« Mo klopft mir anerkennend auf die

Schulter. Sie deutet mit dem Daumen zur Kirchturmuhr. »Vor lauter Racheplänen hätten wir übrigens beinahe unser Singspiel vergessen. Wir haben noch genau acht Minuten, um bei Fliegel aufzuschlagen und uns um Meister Müllers Federvieh zu kümmern.«

»Oh nein!«, jammere ich. »Können wir heute nicht mal schwänzen?«

»Nichts da!«, sagt Mo und grinst schadenfroh.

Invasion im Autokino

Meine Laune ist am Tiefpunkt. Erstens denke ich seit diesem blöden Traum gestern wieder pausenlos an Patrick. Ich sehne mich nach dem Deppen, dass es wehtut. Echt zum Kotzen! Zweitens ist heute Abend Big Joes Ausflug ins Autokino und wir haben immer noch keine Ahnung, wie wir ihm die Sache so richtig vermiesen können. Und zu allem Überfluss hat Pa mich ausgerechnet heute gebeten, ihm in der Gärtnerei zu helfen. Wegen dem Regen gestern sitzen seine Gemüsepflanzen voller Nacktschnecken. Pa ist nicht nur Biogärtner, sondern auch Tierschützer. Also heißt es: die Nacktschnecken absammeln und irgendwo in der Prärie wieder freilassen. Selbst Ma ist da radikaler. Sie würde vor Schneckenkorn oder anderen Todesarten für das Viehzeug nicht zurückschrecken. Rob lacht sich sowieso halb tot darüber. Bloß ich kann unserem lieben Pa mal wieder nichts abschlagen. Zum Glück hat Mo sich bereit erklärt mitzukommen. Aber ihre Laune ist auch nicht besser als meine. Jonathan hat sie heute Morgen in der Pause angesprochen. Warum wir so lange nicht in der Eisdiele waren, wollte er wissen. (Ha, ha! Sehr witzig!) Das wäre ja eher ein Grund zur Freude gewesen. Aber gerade als Mo antworten wollte, ist Marie-Sophie angewuselt gekommen und hat erzählt, warum **sie** schon eine Ewigkeit nicht mehr in der Eisdiele war und dass das Eis im Café Kremer viiieeel besser ist. Und dass sie sowieso lieber frisch gepressten Orangensaft trinkt. Und den gebe es in der Eisdiele ja nur mit Wasser verdünnt und bla, bla, bla … Mo ist dann gegangen, weil sie nicht wie blöd daneben stehen wollte.

Was mir auch noch auf die Nerven geht, ist, dass ich zwar inzwischen weiß, dass Mo in Jonathan verknallt ist – ist ja nicht zu übersehen! –, aber so richtig geredet hat sie mit mir noch nicht drüber. Ich habe sie immer in allen Einzelheiten informiert, wie das gerade so läuft mit Patrick und wie ich mich dabei fühle.

Ich klatsche also eins dieser ekelhaften, braunen Glibberteile in den Eimer und sage: »Nun spuck's schon aus!«

»Was?«, fragt Mo erschrocken.

»Was du an Jonathan findest und seit wann du weißt, dass du in ihn verknallt bist. Halt so Sachen, die man seiner besten Freundin normalerweise erzählt.«

Eine Viertelstunde später bin ich mir nicht mehr so sicher, ob es so eine gute Idee war nachzubohren. Die Frage nach dem »Seit wann?« hatten wir schnell abgehakt. Vor etwa vier Wochen beim Elternsprechtag hatten Mo und Jonathan gemeinsam Dienst an der Kuchentheke. Eine halbe Stunde. Und das hat offensichtlich gereicht.

Aber ansonsten … Wenn man Mo so reden hört, hat man das Gefühl, es hat nie einen hübscheren, gescheiteren, freundlicheren, witzigeren (die Liste lässt sich unendlich fortsetzen) Jungen auf der Welt gegeben. Fast zärtlich pflückt sie die widerlichen Schnecken vom Gemüse ab und jedes Mal, wenn sie eine in den Eimer bettet, fällt ihr eine neue umwerfende Eigenschaft von Jonathan ein. Ich bin baff!

»Und das hast du so lange für dich behalten?«, frage ich.

»Ich wusste nicht, wo ich anfangen soll«, sagt Mo und guckt den schleimigen, braunen Wurm in ihrer Hand völlig verzückt an.

»Na, den Anfang haben wir ja jetzt!«, stöhne ich und lege einen Zahn zu. Ich will hier nur noch fertig werden. Wo kommen die Biester bloß in solchen Mengen her? Gleich wird mir schlecht. Noch drei Reihen Salat sind abzusammeln, dann sind wir hoffentlich fertig. Eine Reihe hoch, und wir sind an der Gärtnerei, eine Reihe runter, und wir sind fast am Probenraum der *Lions*. Dabei fällt mir Biene ein! Oh Mann!!!! Unter dem Endiviensalat sind ein paar besonders dicke Schneckenexemplare. Ich schmeiße fünf Stück auf einmal in den Eimer. Mich würgt's! Und dann …

»Mo!«, rufe ich. »Ich hab eine Idee!«

Es ist schon fast fünf, als wir auf unseren Fahrrädern zum Haus der Familie Groß rasen. Johannes Groß, das ist Big Joes richtiger Name.

Mist! Das Cabriolet ist nirgends zu sehen. Kurz entschlossen klingelt Mo an der Haustür. Die hat Nerven.

»Unser Johannes? Der ist unterwegs«, sagt Big Joes Mutter, die uns die Tür aufgemacht hat. »Ich weiß nicht wo …«

»Eisdiele, Café Kremer oder diese Bruchbude draußen vor der Stadt, die sie Probenraum nennen!«, bellt eine Stimme aus dem Hintergrund. »Irgendwo treibt sich dein Sohn immer herum, anstatt etwas Sinnvolles zu tun.« Im Flur taucht eine massige Gestalt auf. Anscheinend der Vater von Big Joe.

Frau Groß lächelt verlegen. Sie dreht sich nach ihrem Mann um und verschließt ihre Lippen mit dem Zeigefinger.

»Ja klar!«, blafft Herr Groß. »Du nimmst ihn ja immer in Schutz. Deinen Sonnyboy!«

»Versucht es mal in der Eisdiele!«, sagt Frau Groß leise und macht uns die Tür vor der Nase zu.

»Ein Auto musstest du ihm auch besorgen. Demnächst kriegt er noch Zucker in den Hintern geblasen, der junge Herr!«, hören wir Herrn Groß hinter der Tür brüllen.

»Wow!«, sagt Mo. »Little Joe fängt an, mir leidzutun.«

»Nichts da!« Ich schwinge mich in den Sattel. »Denk an Biene! Strafe muss sein!«

Die Sonne will gerade untergehen, als wir das Cabriolet endlich in der Seitengasse hinterm Café Kremer finden. Das Verdeck ist offen. Super! Wer sagt's denn! Wir stellen die Räder vor der Bücherei ab und holen das riesige Einmachglas aus meiner Fahrradtasche. Das letzte Stück gehen wir zu Fuß. Keine Ahnung, ob Big Joe unsere Räder überhaupt kennt. Aber sicher ist sicher. Hinter dem Rosenbusch neben der Caféterrasse bleibe ich zurück. Schmiere stehen. Mo geht weiter die Gasse hinauf. Von der anderen Seite kommt jemand. Hoffentlich niemand, den wir kennen. Ich pfeife. Mo dreht sich um. Ich versuche, ihr durch Zeichen zu verstehen zu geben, dass sie denjenigen – wer immer das ist! – erst vorbeigehen lassen soll.

»Hä?«, macht Mo, dreht sich wieder um und steht vor Jonathan. Ausgerechnet!

»Hei!«, sagt er. »Du bist ja mal allein unterwegs. Wo hast du denn deinen Schatten gelassen?« Ihren Schatten! Ich glaub, ich spinne. Das soll wohl ich sein. Hat der sie noch alle?

»Äääh!«, macht Mo und ein zitterndes »Hei!« kriegt sie auch über die Lippen. Dann läuft sie rot an. Das Einmachglas versucht sie, hinter ihrem Rücken zu verstecken. Das geht natürlich nicht. Viel zu groß das Ding.

Jonathan guckt Mo an und dann das Einmachglas. Was er sieht, ist ein schleimiger Klumpen aus Hunderten von Nacktschnecken.

»Äääh!«, macht Mo. Sehr intelligent! Aber ehrlich gesagt, was Besseres würde mir in dieser Situation auch nicht einfallen.

»Willst du in die Eisdiele?«, stößt Mo endlich unvermittelt hervor.

»Nee, in die Bücherei!«, sagt Jonathan. Er starrt immer noch angewidert auf die Schnecken, als hätte er Angst, die Biester könnten sich befreien und über ihn herfallen.

»Mein Dad ist Angler!«, sagt Mo.

Jonathan guckt sie fragend an.

»Na ja! Deshalb die Viecher.« Mo versucht ein Kichern. »Köder! Du weißt schon!«

»Ah ja!«, sagt Jonathan und kratzt sich am Kopf. »Man sieht sich!«, murmelt er noch und dann ist er auch schon um die Ecke gebogen.

Mo ist blass geworden. Regungslos steht sie auf der Straße.

»Nun mach endlich!«, rufe ich leise. Aber ich sehe schon. Da muss ich eingreifen. Ich husche über die Straße und nehme der immer noch völlig versteinerten Mo das Glas aus der Hand. Wir haben es gerade geschafft, die Schnecken im Cabrio zu verstauen, als Big Joe mit Mascha aus dem Cafégarten kommt. Galant hält er ihr die Autotür auf. Ob er das bei Biene auch macht? Garantiert nicht! Er wirft sich selbst auf den Fahrersitz und braust los.

Mo und ich rennen zu unseren Fahrrädern. Mit ein bisschen Glück sind wir in zwanzig Minuten auch am Autokino und mit noch ein bisschen mehr Glück sitzt heute Abend Mas Freundin Ruth an der Kasse. Die lässt uns sicher umsonst rein, wenn ich behaupte, dass wir auf der Suche nach Rob sind. Da fällt mir was ein: Ich bremse so abrupt, dass das Rad über den Kies schlittert.

»Was ist denn nun los?«, fragt Mo.

»Ich rufe Rob an!«, sage ich. »Er soll sich Biene schnappen und mit ihr zum Autokino kommen.«

Ob das so 'ne gute Idee ist, will Mo wissen. Keine Ahnung! Wir lassen uns überraschen.

Zunächst läuft alles wie am Schnürchen. Ruth sitzt tatsächlich an der Kasse und macht auch kein großes Theater, als wir sie bitten, uns umsonst reinzulassen. Schließlich ist das ein Autokino und wir sind zu Fuß.

Big Joe steht mit seinem Auto ziemlich weit hinten neben einem Gebüsch. Da können Mo und ich perfekt in Deckung gehen. Es ist die sogenannte Knutschecke. Da stellen sich Leute hin, die nicht so wahnsinnig scharf auf den Film sind.

Hat mir Rob mal erzählt. Vielleicht war es doch kein so guter Einfall, Biene hierherzulocken. Aber vielleicht kommt sie auch gar nicht. Rob hat nämlich nur genervt gestöhnt, als ich ihn angerufen habe.

Und das mit den Schnecken? Kommt mir inzwischen auch ziemlich blöd vor. Richtig kindisch irgendwie. Ich gucke zu Mo rüber, die sich auf dem untersten Ast eines alten Haselstrauchs niedergelassen hat. Sie findet die Schneckenaktion ja sowieso daneben. Also sage ich lieber nichts.

Es wird langsam dunkel. Das Autokino liegt in einem Steinbruch, hier ist es immer noch ein bisschen früher dunkel als draußen auf den Feldern oder in der Stadt. Es ist finster und auch ein bisschen unheimlich. Im Inneren von Big Joes Auto – das Verdeck hat er längst zugemacht – kann man überhaupt nichts mehr erkennen. Das ändert sich aber schlagartig, als es vorn auf der Leinwand anfängt zu flimmern. Zuerst kommt jede Menge Werbung. Bei den hellen Szenen können wir besonders gut beobachten, was im Auto vor sich geht. Big Joe hat seinen Arm über die Rückenlehne gelegt und pirscht sich Zentimeter für Zentimeter an Mascha heran. Die tut so, als ob sie nicht das Geringste merken würde. Hochinteressiert (ha, ha, wer's glaubt!) folgt sie den blöden Werbespots. Big Joe versucht auf möglichst lässige Weise, seinen Arm an der Kopfstütze vorbeizufummeln. Mascha kaut Kaugummi.

Als der Hauptfilm losgeht, sind die beiden immer noch nicht viel weitergekommen und von unseren Schnecken ist auch nichts zu sehen. Na, klasse! Wahrscheinlich schlafen die Biester und unsere Aktion geht in die Hose. Mo rutscht auf ihrem Ast hin und her. Big Joe robbt noch ein Stück näher zu Mascha. Patrick fällt mir ein und sofort ist das Vanillepuddinggefühl wieder da. Es war so schön, wie er mich im Traum umarmt hat. Es ist fast so, als könne ich ihn jetzt riechen. Er riecht immer so gut. Nach einer Mischung aus frischer Luft und diesem Herrendeo, bei dem in der Werbung immer diese supercoole Frau schwach wird. Ach ja, Patrick! Ich seufze. Auf der Leinwand fährt ein Mann im Cabrio. Rasant düst er um die Kurven, saust mit quietschenden Reifen in eine Parklücke vor einem italienischen Straßencafé. Lässig springt er über die geschlossene Fahrertür und stößt fast mit einer langbeinigen Blonden zusammen. Die guckt ihn an, als würde sie ihn am liebsten genau da auf dem Bürgersteig vernaschen. Und zwar sofort!

Big Joe im Auto wird mutiger. Er beugt sich zu Mascha vor und haucht ihr einen Kuss auf die Wange. Seine rechte Hand wandert um ihre Taille, die linke liegt auf ihrem Knie.

Ein Auto kommt und parkt in der Nähe. Ich gucke hoch, aber es ist nicht Robs blauer Kangoo.

Wow! Big Joe hat es geschafft. Zungenkuss! Und Mascha küsst zurück. Dann schiebt sie ihn weg, lächelt, sagt irgendwas und öffnet das Handschuhfach. Ich packe Mo beim Arm. Mascha tastet im Handschuhfach herum. Mit einem entsetzten Aufschrei zieht sie die Hand zurück.

»Jetzt sind die Biester also doch noch wach geworden!«, flüstert Mo.

Drei dicke Schnecken sitzen auf Maschas Handfläche. Hysterisch schreiend reißt sie die Autotür auf. Big Joe glotzt mit einem absoluten Schafsgesicht in sein Handschuhfach.

Da sitzen noch mindestens zwanzig dieser Glibbermonster, wie Mo und ich wissen. Mascha hört überhaupt nicht mehr auf zu schreien. Sobald das Licht im Auto angegangen ist, hat sie die anderen Nacktschnecken entdeckt, die sich inzwischen auf dem Rücksitz und an den Lehnen der Vordersitze breitgemacht haben. Es sieht aus wie eine Invasion aus der Urzeit.

Big Joe ist auch aufgesprungen. Er rudert mit den Armen. »Aber, aber, aber …«, stammelt er. Mascha geht wie eine Furie auf ihn los. Klatscht ihm eine Ohrfeige ins Gesicht. Ob sie die Schnecken noch in der Hand hat, können wir leider nicht sehen.

»Du perverses Schwein!«, kreischt sie und stakst hastig durch die Autoreihen davon Richtung Ausgang. Big Joe steht mit offenem Mund und hängenden Armen da und starrt ihr hinterher.

»Schade, dass Biene das nicht sehen konnte!«, flüstere ich und beiße mir auf die Lippe, um nicht laut zu lachen.

»Wenn du dich da mal nicht täuschst«, sagt Mo und deutet auf das fremde Auto. Da sitzen Rob und Biene und drücken sich die Nasen an der Scheibe platt. Im Hintergrund erkenne ich Flori.

Big Joe steigt in sein Cabriolet, nachdem er den Fahrersitz sorgfältig kontrolliert hat. Langsam, so als wolle er die Schnecken nicht noch mehr aufscheuchen, rollt er davon.

Mo und ich schälen uns aus dem Gebüsch. Biene ist aus dem Auto gesprungen und rennt auf uns zu. Rob und Flori kommen hinter ihr her.

»Jetzt reicht's aber!«, hören wir jemanden rufen. »Ruhe

dahinten!«, eine andere Stimme. Autotüren klappen. Ein paar empörte Leute werfen böse Blicke.

»Abflug!«, sagt Rob und deutet mit einem Kopfnicken zum Auto.

»Ich dachte, wir wollen uns den Film ansehen!«, mault Flori.

»Ein anderes Mal!«, sagt Rob und schiebt ihn auf den Rücksitz.

Liebeskummer und Spiegelei

Biene hat einen Lachkoller. »Spitze!«, quietscht sie. »Das habt ihr spitze hingekriegt!«

Mo und ich sitzen zusammengequetscht auf der Rückbank neben Flori. Rob sitzt am Steuer und muss auch lachen. Vor allem weil Flori, der offensichtlich von dem Ganzen kaum was mitgekriegt hat, in einer Tour dumme Fragen stellt. Warum wir uns den Film nicht bis zum Schluss angeschaut haben und von was für Schnecken wir dauernd reden? In dem Film sei es doch nicht um Schnecken gegangen und warum Big Joe einfach abgehauen sei. Er müsse Biene doch gesehen haben, die sei schließlich seine Freundin.

»Hör auf!«, heult Rob vor Lachen. »Du machst mich fertig!«

Biene kriegt sich auch nicht mehr ein. »Wie sie ihm eine gelangt hat!«, ruft sie. »Und wie sie dann weggestöckelt ist. Dreimal umgeknickt! Dreimal!« Sie kichert und gluckst. Die Tränen laufen ihr über die Wangen.

Es dauert eine Weile, bis wir merken, dass es keine Lachtränen mehr sind. Rob schielt zu ihr rüber und legt ihr kurz die Hand auf den Arm.

Biene schnieft. »So ein Arsch!«

»Das kannst du laut sagen!«, sagt Rob.

Es wird still im Wagen. Nur der Motor brummt leise. Die Anzeigen am Armaturenbrett leuchten bläulich.

»Was ist das eigentlich für ein Auto?«, frage ich in die Stille.

»Gehört meiner Mum!«, sagt Biene. »Im Kangoo war kein Benzin mehr.«

»Apropos Mum!«, sagt Rob und ist plötzlich ganz der strenge große Bruder. »Ma hat mich angerufen, sie wollte wissen, wo du bist. Das ist übrigens der Hauptgrund, warum ich deinem dubiosen Anruf gefolgt bin.«

Oops! Hab ganz vergessen, mich zu Hause zu melden. Es ist gleich elf. Um neun soll ich normalerweise zu Hause sein, wenn nichts anderes ausgemacht ist. Ich gucke Mo an, zwinkere ihr zu.

»Oh Mann! Ich übernachte doch heute bei Mo. Das hab ich mit Ma schon vor ein paar Tagen besprochen. Hat sie wahrscheinlich mal wieder vergessen!«, lüge ich. Mo guckt mich fragend an. Ich lege den Zeigefinger an die Lippen und schüttle den Kopf, damit sie die Klappe hält.

Ist doch echt besser so. Solche Sachen vergisst Ma wirklich dauernd. Das nimmt sie mir eher ab, als wenn ich jetzt lange eine Erklärung suche, warum ich so spät komme.

Rob zuckt bloß mit den Achseln. »Typisch Ma!«, sagt er.

»Echt!« Ich lehne mich zurück und knuffe Mo in die Seite. Sie grinst. Ihre Eltern sind heute Nacht überhaupt nicht da. Die kommen erst morgen Vormittag wieder. »Bingo!«, flüstere ich.

Zu Hause bei Bolkenhagens blinkt der Anrufbeantworter. »Mäuselchen, nimm doch bitte ab. Ich hab es schon auf deinem Handy probiert, aber das ist ausgeschaltet. Mäuselchen? Du bist doch zu Hause?« Im Hintergrund hören wir Mos Vater: »Wahrscheinlich schläft sie längst!« Dann wieder Lou: »Mäuselchen? Mäuselchen?« Piiieeep!

Mo wählt die Handynummer ihrer Mutter. »Hei, Mami!«, gähnt sie. »Ja, ich hab schon gepennt. Bin grad auf dem Weg zum Klo, da hab ich den Anrufbeantworter blinken sehen … Ja, mach ich … Ihr auch … Schlaft auch gut … Tschühüss!« Mit einem gekonnten Riesengähner beendet Mo das Gespräch.

»So!«, sagt sie zu mir. »Jetzt hab ich Kohldampf!«

Wir machen uns ein paar Spiegeleier. Mo schneidet dicke Scheiben Bauernbrot ab, dazu gibt es Butter und saure Gurken.

Ich gucke zum Fenster raus. Die meisten Häuser sind dunkel. Nur drüben bei Frau Lehmann-Schneck brennt noch Licht. Seit unserer Aktion ist die Schnecke zahm wie ein Lämmchen. Obwohl, ich hab noch nie ein Lämmchen mit einem so versteinerten Blick gesehen. Aber wenigstens hält sie die Klappe.

Nachdem wir uns den Bauch vollgeschlagen haben, sitzen wir in Mos Zimmer auf der zum Doppelbett ausgeklappten Couch und lassen den heutigen Abend noch mal in allen Einzelheiten an uns vorbeiziehen. Wie blöd Big Joe sich angestellt hat, als er Mascha auf die Pelle rücken wollte, wie blöd er geguckt hat, als er die Schnecken im Handschuhfach entdeckt hat, wie laut Mascha kreischen kann … Ich kann überhaupt nicht mehr aufhören.

Aber irgendwann lässt es sich nicht mehr aufhalten. Mo

seufzt abgrundtief und fängt von Jonathan an. »Der muss mich doch für total bescheuert halten!«, jammert sie.

Ich kann mir das Kichern nicht verkneifen. »Du hast keine Ahnung vom Angeln, oder?«, frage ich. Mo guckt mich mit schmerzverzerrtem Gesicht an. Ich setze noch eins drauf. »Du weißt schon, dass Jonathans Vater Sportangler ist?« Mo wimmert. »Nacktschnecken als Köder! Das war echt einsame Spitze! Genial!« Ich kippe hintenüber vor Lachen.

Mo jault auf wie ein angeschossenes Ferkel und stürzt sich auf mich. »Hör sofort auf!«, kreischt sie und fängt an, mich zu kitzeln. Sie weiß genau, dass ich das nicht aushalten kann. »Aufhören!«, japse ich. Mo denkt überhaupt nicht dran. »Gnade!«, winsele ich. Aber sie hört erst auf, als sie selbst keine Luft mehr kriegt. Ich rapple mich hoch, ringe nach Atem.

»Jetzt mal im Ernst«, sage ich immer noch schnaufend. »Jemand, der es mit dir zu tun haben will, muss auf Überraschungen gefasst sein. Und vor allem muss er Humor haben, sonst kannst du es gleich knicken!« Ich lege ihr den Arm um die Schulter.

»Und du glaubst, Jonathan hat Humor?«, piepst Mo.

»Hundertpro!«, sage ich großspurig.

Mo grinst. »Im Gegensatz zu Patrick!«

Jetzt bin ich dran mit Jaulen. Das Blöde ist: Mo hat recht! Patrick hat keinen Humor, er ist unzuverlässig, verlogen und eingebildet und trotzdem kriege ich immer noch Herzklopfen, wenn ich an ihn denke. An seine schönen Augen, die breiten Schultern, diesen wahnsinnig lässigen Gang und seine Stimme ... Vor allem seine Stimme.

»Wieso gibt's eigentlich keinen Lehrgang, wie man sich richtig verknallt?«, frage ich.

»Richtig verknallt bist du ja!«, lacht Mo.

»Ich meine, in den Richtigen!«

»So einen Lehrgang sollten wir erfinden«, sagt Mo und gähnt. »Dann werden wir reich und berühmt.« Sie kuschelt sich unter die Decke.

Wir sind schon halb weggedämmert, als mir noch etwas einfällt. Mit einem Ruck richte ich mich auf. »Unsere Fahrräder!«, sage ich.

»Hm?«, macht Mo.

»Unsere Fahrräder stehen noch vor dem Autokino.«

»Na prima«, murmelt Mo. »Dann können Fuchs und Hase ein bisschen Tour de France spielen.«

Beim Frühstück sind wir beide noch ziemlich zerknautscht.

»Wenn Jonathan dich so sehen könnte, wäre es sofort um ihn geschehen«, sage ich.

»Ha, ha!«, macht Mo. Es hatte ein Witz sein sollen, aber eigentlich stimmt es genau. Mos Haare sind verstrubbelt und stehen nach allen Seiten ab. Vom Schlafen sind ihre Wangen ganz rosig und ihr Blick hat etwas Samtiges. Sie sieht warm und kuschelig aus, wie ein frisch gebackenes Brötchen. Zum Anbeißen eben.

»Nächste Woche ist Schulfest!«, fällt mir gerade ein.

»Ich weiß!«, sagt Mo. »Ich denke die ganze Zeit an nichts anderes. Und am Tag vorher ist die erste Kostümprobe bei Fliegel.« Sie schüttelt sich.

»Wird schon nicht so schlimm werden.«

Rache ist Glückssache

Ich hab mich getäuscht. Es ist schlimm! In den Kostümen sehen wir beide absolut bescheuert aus. Fliegel hat uns voller Stolz auch noch zwei Perücken besorgt und darauf bestanden, dass wir sie tragen.

Er ist vollkommen entzückt. »Perfekt!«, ruft er immer wieder. »Perfekt!« Sein grauer Haarkranz steht wie ein Heiligenschein um seinen Kopf und er strahlt wie der Erzengel Gabriel persönlich.

Aber davon wird es nicht besser. Ein Blick in den großen Spiegel, an dem sonst die Ballettschülerinnen trainieren, lässt uns schlagartig in Depressionen verfallen. Bei mir ist das Kostüm auch noch gepolstert, damit ich ganz echt wie der kleine rundliche Max aussehe. Und dann die Topfperücke mit diesem Pony, der wirklich jeden zu einem Trottel macht … Es ist nicht zum Aushalten!!!

Ich finde, Mos Kostüm geht dagegen eigentlich noch. Aber sie ist da anderer Meinung. Allein der Gedanke, so vors Publikum zu treten, versetzt sie in eine Art Schockzustand: Jonathan könnte schließlich in der ersten Reihe sitzen! Patrick geht ja zum Glück in eine andere Schule. Aber er ist der Sohn von Frau Schmidt … Wenn sie auf die Idee kommt, ihn zur Aufführung mitzubringen … Daran denke ich lieber nicht, sonst wird mir schlecht.

Während der Probe entstehen immer wieder Pausen, in denen irgendwas an den Kostümen rumgefummelt wird. Ich finde, alle anderen sehen besser aus als wir. Frau Sondermann als Witwe Bolte, der lange Lars aus der Zwölften, der den Lehrer Lämpel macht, Fliegels Frau als Frau Schneidermeister Böck, sogar die Kinder aus dem Kinderchor, die die Hühner spielen, sehen gegen uns einfach spitze aus.

»Es muss was passieren!«, jammert Mo.

»Und ich hab auch schon eine Idee!« Mir ist nämlich gerade was eingefallen. Mo guckt mich erwartungsvoll an. »Biene!«, sage ich. »Biene hat gesagt, dass wir bei ihr noch was guthaben. Die muss uns helfen.«

»Und wie?«, fragt Mo. Aber da klopft Fliegel mit dem Taktstock aufs Pult und wir sind wieder dran.

Mo ist ganz begeistert von meinem Einfall. Sie steht nach der Probe im Treppenhaus und rappt vor Vergnügen wild drauflos. (Fliegel ist zum Glück schon weg. Er hatte es heute eilig, deshalb sind wir auch eine halbe Stunde früher fertig als geplant.)

Mo hat die Geige in der Hand und singt:

>»Wir lassen uns nicht fressen
>von der blöden Müllerente,
>das könnt ihr doch voll vergessen.
>Wir schwörn es euch bei unsrer Rente.«

»Bei unsrer Rente ...!«, höhne ich. »Das musst du noch mal überarbeiten!«

Aber Mo lässt sich nicht beirren, sie fiedelt eine hektische Melodie. Dann stutzt sie plötzlich, lässt den Bogen sinken, beugt sich vor und guckt angestrengt durch das hohe, schmale Flurfenster nach draußen. Von hier aus sieht man nichts außer dem kleinen, halb verwilderten Park hinter dem Schulgebäude, einem Fahrradständer und ein paar Müllcontainern. Ich folge ihrem Blick und sehe Patrick zwischen den Bäumen auftauchen. Zack, setzt mein Herz aus. Nervig, echt!

Patrick guckt sich um, als kontrolliere er, ob ihn jemand beobachtet. Mo zieht mich vom Fenster weg. Wir drücken uns an die Wand, peilen über die Schulter vorsichtig runter in den Hof.

»Was hat der denn vor?!«, fragt Mo.

Patrick hat seinen Rucksack vom Rücken genommen und geht auf den Fahrradständer zu.

»Der nimmt unsere Fahrräder auseinander!«, rufe ich und will schon die Treppe runterrennen. Aber Mo hält mich am Arm fest.

Patrick hat Werkzeug ausgepackt. Die Vorderräder hat er schon abmontiert. Sehr praktisch, so eine Schnellspann-nabe! Jetzt macht er sich an den Sätteln zu schaffen. Ich will mich losreißen. Ich hab doch keine Lust, hier oben stehen zu bleiben und seelenruhig zuzugucken, wie der da unten unsere Drahtesel ruiniert. Mo hält mich fest.

»Guck doch mal genau hin!«, sagt sie. »Das sind nicht unsere Räder.«

Jetzt sehe ich es auch. Es ist zwar ein blaues und ein gelbes Rad, an denen Patrick da schraubt. Genau solche wie die von Mo und mir. Das blaue ist sogar von der gleichen Marke wie meins. Aber unsere Räder stehen auf der anderen Seite des Ständers.

»Und wem gehören dann die?«

»Ich nehme an, den beiden da!«, sagt Mo und deutet nach draußen. Durch die Toreinfahrt kommt Arm in Arm ein Pärchen geschlendert. Beide in schreiend bunten Fahrradklamotten. Als sie sehen, was Patrick da tut, stürzt der junge Mann los und packt ihn von hinten am Kragen.

»Auf!«, sagt Mo.

Hocherhobenen Hauptes schreiten wir über den Hof. »Hei, Patrick!« Mo schultert den Geigenkasten und kramt lässig in ihrer Hose nach dem Fahrradschlüssel. »Probleme?«, frage ich freundlich und schwinge mich in den Sattel.

Eine Antwort warten wir gar nicht erst ab. Mit einem freundlichen Kopfnicken rollen wir davon. Patrick glotzt mit offenem Mund hinter uns her. Ich glaube, er will irgendwas sagen, aber das lässt der junge Mann, der ihn immer noch wütend schüttelt, nicht zu.

Mo lacht, bis wir die Räder vor dem Probenraum der *Roaring Lions* abstellen. Wir haben Glück, Biene ist allein da. Die anderen sind unterwegs, um die Tonanlage im Jugendzentrum aufzubauen. Dort haben die *Lions* am Abend einen Gig.

Biene ist sofort Feuer und Flamme von unserer Idee. »Gute Idee, dem Dok mal zu zeigen, dass wir im 21. Jahrhundert angekommen sind.« Sie reibt sich die Hände und meint, dass die übrigen *Lions* bestimmt auch mitmachen. Ehrensache! Jeder von denen habe auf seine Weise schon unter Fliegel gelitten. Obwohl der eigentlich ein netter Kerl sei, aber das helfe leider auch nicht immer. Mo und ich nicken wissend. Dann erzählt sie uns noch mal die ganze Geschichte von damals, als sie in diesem Maikäferkostüm herumhüpfen musste. Einfach grässlich! Mo und ich können da inzwischen sehr mitfühlen.

Von Big Joe erzählt sie nichts. Und wir fragen auch nicht.

Am Abend gucken wir uns den ersten Teil des Konzerts im JUZ an. Die *Roaring Lions* haben es echt drauf. Das Publikum ist begeistert. Ein paar Mädels fahren voll auf Rob ab. Ich platze vor Stolz auf meinen tollen Bruder. Flori ist hinter seinem Schlagzeug wie immer kaum zu sehen. Biene ist vollkommen versunken in ihre Musik. So richtig cool sieht sie aus, wie sie immer ihre blonden Haare nach hinten wirft und dabei die Augen geschlossen hält.

Big Joe hat sie doch nicht alle. Der hat noch gar nicht gemerkt, dass Biene viel zu schade für ihn ist.

Lili ist in der Band für die Blasinstrumente zuständig. Sie spielt abwechselnd Saxofon, Querflöte, Tinwhistle oder Mundharmonika. Vor allem beim Querflötespielen sieht sie aus wie die Elbenkönigin. Kein Wunder, dass Rob sie anbetet. Bei Gelegenheit muss ich mal rauskriegen, ob er eigentlich Erfolg bei ihr hat. Die beiden gehen ja immer so vorsichtig miteinander um, dass man nicht im Geringsten ahnen kann, wo es mit ihnen langgeht.

Weiter vorne in der Menge entdecke ich Oskar. Fasziniert guckt er auf die Bühne und wippt dabei mit dem Kopf. He, der fährt doch nicht etwa auch auf Lili ab? Die ist doch viel zu alt für ihn!

Mo verrenkt sich den Hals, ob sie nicht doch den guten Jonathan irgendwo entdecken kann. Aber der ist nicht da. Ist auch besser so. Wir müssen heute früh heim. Schließlich ist morgen unser Schulfest und wir wollen vorher keinen Ärger mehr riskieren. Nicht auszudenken, wenn wir womöglich morgen zur Strafe ganz pünktlich zu Hause sein müssten! Wir wollen gerade gehen, als Oskar sich umdreht und uns entdeckt. Er winkt uns zu und grinst freundlich. Ich winke zurück.

Hotdogs und Sahnetorte

Ich weiß nicht, ob das überhaupt erlaubt ist. Die Müller-Lingscheid lässt eine Vokabel-Ex schreiben, obwohl heute Schulfest ist. Mo stöhnt neben mir. Aber mit vereinten Kräften kriegen wir es ganz gut hin.

In der Pause versuchen wir, Jonathan aufzutreiben. Was eigentlich blöd ist, denn als wir ihn endlich gefunden haben, geht Mo in Deckung, so wie jedes Mal seit dieser Aktion mit den Schnecken. Ich hab sie gefragt, wozu das gut sein soll. Sie wolle abwarten, bis sie nicht mehr rot wird, wenn sie ihm begegnet. Und dazu müsse sie ihm ja begegnen, sonst wisse sie ja nicht, ob sie noch rot wird. Klingt bescheuert, aber logisch!

Heute treffen wir allerdings nicht auf Jonathan, sondern bloß auf Jacqueline und Marie-Sophie, die sich den Kopf darüber zerbrechen, was sie zum Schulfest anziehen. Als sie damit durch sind, nehmen sie mal wieder Felicitas aufs Korn.

»Felicitas geht zum Konditor«, quietscht Jacqueline und kommt sich wahnsinnig lustig vor. »Herr Konditor, ich möchte Rumkugeln! Aber bitte, sagt der Konditor, tun Sie sich keinen Zwang an.« Ein uralter Witz, aber die beiden lachen sich halb tot. »Felicitas!«, ruft Marie-Sophie. »Wie viele Milchschnitten hast du heute schon gegessen?« Felicitas behandelt die beiden wie Luft und stachelt sie dadurch nur noch mehr an.«Wenn du noch so fünf, sechs schaffst, kannst du heute Nachmittag rumkugeln, soviel du willst.«

Wenn man die beiden so hört, könnte man meinen, Felicitas wäre wahnsinnig fett. Dabei ist sie nur nicht so spindeldünn wie Marie-Sophie. Jacqueline dagegen ist gar nicht mal wirklich dünn. Es fehlt nicht viel und sie würde nicht anders aussehen als Feli.

Mo zieht die Stirn kraus.»Wenn wir schon neuerdings so 'ne Art Racheagentur sind, müssten wir hier auch mal was unternehmen.«

Ich finde, sie hat recht.

Nach dem Mittagessen mache ich mich auf den Weg zu Mo. Natürlich wollen auch wir uns für das Schulfest ein bisschen aufdonnern. Wir müssen es ja nicht gleich so übertreiben wie Marie-Sophie und Jacqueline. Vor allem Mo möchte unbedingt Eindruck auf Jonathan machen. Das Blöde ist nur, dass wir keine Ahnung haben, was Eindruck auf Jonathan macht. Bei Patrick ist das einfacher. Der steht auf den üblichen Kram: lange Haare, knallenge Hosen, bauchfreie Tops mit großem Busen und so was halt. Aber Jonathan? Wir probieren alles Mögliche aus. Plündern mal wieder den Kleiderschrank von Frau von Bolkenhagen, versuchen es noch mal mit dem Leopardentop, allerdings ohne die Gelkissen, testen hochhackige Schuhe und goldene Sandalen. Alles voll bescheuert! Zum Schluss entscheiden wir uns doch für unsere Lieblingsklamotten. Mo zieht schwarze Leggings zu einem rot karierten Tartanmini von British Empire an, ihr schwarzes Emily-T-Shirt mit diesem motzig guckenden Katzenkopf und die gelben Doc-Martens-Stiefel. Sie sieht klasse aus, finde ich. Ich trage den Tartanmini in Gelbkariert, dazu ein schwarz-graues Ringelshirt, rote Leggings und meine schwarzen Chucks. Wir sehen beide klasse aus! Auch dann noch, als wir uns über Lous Schminksachen hergemacht haben. Mo hat sich einen schwarzen Lidstrich verpasst, ich hab mir die Wimpern getuscht und beide haben wir einen winzigen Hauch von Rouge auf die Wangen getupft, transparentes Lipgloss dazu und fertig. Mos Mutter guckt uns verwundert an, als wir in die Küche kommen, um noch einen Schluck Wasser zu trinken, bevor wir losziehen.

»Dafür habt ihr jetzt anderthalb Stunden gebraucht?«, fragt sie.

»Genau, Mami!«, grinst Mo und drückt ihr einen Kuss auf. Noch mal Lipgloss nachziehen und wir sind durch die Tür.

»Ich fürchte, Jonathan muss mich einfach so nehmen, wie ich bin!«, sagt Mo forsch und geht mit Riesenschritten auf die Schule zu. Bin gespannt, ob sie es diesmal schafft, nicht hinter den nächsten Müllcontainer zu sprinten, wenn sie ihn sieht.

Das Schulfest läuft genauso ab wie jedes Jahr. In der Eingangshalle ist eine riesige Kuchentheke aufgebaut. Die Mütter liefern sich da jedes Jahr einen Backwettbewerb und der Elternbeirat schenkt Kaffee dazu aus. Die Sechstklässler bieten frische Waffeln an und sind bereits von oben bis unten mit Teig bekleckert. Die fünften Klassen führen ein Theaterstück im Musikraum auf, und zwar den ganzen Nachmittag zu jeder vollen Stunde. Die Siebten machen Hotdogs und betreuen die Tombola. Dann gibt es noch einen Stand mit Kunsthandwerk von unserer Partnerschule in Kenia und natürlich die Spielrallye für die Unterstufe.

Das Fest hat sich über die Jahre nicht geändert, aber wir sind anders geworden. Früher war es für mich das Höchste, wenn Ma oder Pa mitgekommen sind und sich alles genau angeguckt haben. In der Sechsten habe ich mit Inbrunst Waffeln gebacken und in der Siebten Hotdogs gemanscht. Jetzt sind wir heilfroh, wenn unsere Erzeuger uns in Ruhe lassen. Die Stände draußen interessieren uns kaum noch und die Kuchentheke auch nicht. Na ja, vielleicht wenn wir Hunger kriegen ... Für uns findet das eigentliche Schulfest in der Aula statt. Da spielt eine Band. Leider nicht die *Roaring Lions*, sondern die *Hush Puppies*. Und am Abend, wenn die Kleinen und ihre Eltern hoffentlich brav nach Hause gegangen sind, legt ein DJ auf. Zwischendurch ist ab und zu eine Vorführung vom Sporttheater oder der Jazztanzgruppe. Aber das stört nicht weiter.

Was hab ich gesagt? Die Stände interessieren uns nicht groß? Ich fürchte, solange Jonathan noch Kunsthandwerk aus Kenia verkauft, müssen wir uns hier draußen rumtreiben. Das ist anstrengend, denn wir müssen Jonathan zwar im Auge behalten, dabei aber die ganze Zeit so tun, als bemerkten wir ihn gar nicht. Wir mampfen Waffeln, wir mampfen Hotdogs und sind wahnsinnig gut drauf. Hoffentlich merkt Jonathan das auch, sonst wäre der ganze Aufwand völlig umsonst. Mo ist bis jetzt weder rot geworden noch hat sie sich versteckt. Sie macht Fortschritte, das muss man ihr lassen.

»Wachablösung!«, sage ich. Denn ich habe beobachtet, wie Jonathan seinen Job an Roger übergibt. Mo versteht mich sofort und wir machen uns auf den Weg in die Aula.

Die *Hush Puppies* sind schon voll in Fahrt. Es ist eine Schülerband, vier Jungs aus der Siebten und ein Mädchen, das nicht an unserer Schule ist. Wahrscheinlich die Schwester des Schlagzeugers. Die beiden sehen sich jedenfalls ähnlich. Sie spielen Stücke wie »Ob-La-Di, Ob-La-Da« von den *Beatles* oder »No milk today!« von *Hermann'S Hermits*. Das Modernste, was sie draufhaben, ist irgendwas von *Sportfreunde Stiller*.

Die Aula ist noch nicht sehr voll. Das kommt erst noch, wenn später die Oberstufenschüler eintrudeln. Ich gucke mich um. Die meisten aus unserer Klasse sind da und viele aus der Parallelklasse. Vorne an der Tanzfläche stehen Jacqueline und Marie-Sophie. Sie glitzern wie Weihnachtstannen mit ihren Paillettentops und den Haarspangen voller Strasssteine. Ich stupse Mo an und deute zu den beiden rüber.

»Ts!«, sagt Mo und da sehe ich ihn. Er tanzt mit halb geschlossenen Augen. Patrick! Was macht der denn hier? Auch wenn seine Mutter tausendmal die Sekretärin des Direktors ist, an unserer Schule habe ich ihn noch nie gesehen.

Oh nein! Ich denke nicht an den Patrick, der mich so total verarscht hat. Ich denke nicht an den Patrick, der uns Rache geschworen hat und alles daransetzen würde, uns zu schaden. Ich denke an den Patrick, der mich im Traum umarmt und geküsst hat. Ich gehe hinter einer der großen Säulen in Deckung und schaue ihm beim Tanzen zu. Er bewegt sich geschmeidig, wiegt sich in den Hüften, schnippt mit den Fingern der rechten Hand im Takt. Der Junge ist musikalisch. Ich hab's ja gewusst!

»Kannst dich gar nicht sattsehen, was?«, fragt Mo schnippisch neben mir.

»Quatsch!«, brumme ich.

Das nächste Lied ist so ein Schmusestück. Patrick grabscht nach einem Mädchen und tanzt mit ihr. Es ist Isa. Isa in einem eng anliegenden Top mit der Aufschrift: *I'm so cool!* Sie hat einen ganz flachen Bauch, braun gebrannte Haut und ihr Busen ist mindestens doppelt so groß wie meiner. Ich fühle mich plötzlich fett und klebrig. Warum musste ich mich auch zu diesen Hotdogs überreden lassen?

Mo neben mir ist total hibbelig, weil Jonathan nicht auftaucht. Am liebsten würde sie wieder nach draußen rennen. Aber ich halte sie fest. »Der kommt schon noch. Keep cool!«

Wir holen uns was zu trinken und setzen uns auf die Treppe, die zu den Lehrerzimmern hochführt. Von hier aus haben wir alles gut im Blick, besonders den Eingang.

Auf der Tanzfläche tanzt Isa jetzt mit Patricks Freund Marvin und Patrick mit Laura Wackernagel aus unserer Parallelklasse.

»Verknallen sollte wirklich verboten werden«, sage ich missmutig und unterdrücke einen Rülpser. Die Cola ist einfach zu kalt.

»Du könntest dich zur Abwechslung ja mal in einen ver-knallen, der's wert ist«, sagt Mo und legt mir die Hand auf die Schulter. Ich seufze.

Die Aula wird immer voller. Ich sehe Flori mit ein paar Leuten aus seiner Klasse. Herr Rudelius, der neue Referen-dar, steht vor der Bühne und lässt seinen Kopf zur Musik kreisen. Das sieht sehr lässig aus. Herr Rudelius hat etwas längere dunkelblonde Haare und so einen Dreitagebart. Er trägt Jeans und ein eng anliegendes olivfarbenes T-Shirt. Marie-Sophie und Jacqueline beobachten ihn angestrengt. Wahrscheinlich sind sie in ihn verknallt. In einen Lehrer! Das wäre typisch für die beiden.

»Wie lange wollen wir noch hier hocken bleiben? Es ist Schulfest! Wollten wir uns da nicht amüsieren?«, frage ich trotzig.

In dem Moment kommt Jonathan in die Aula. Prompt kriegt Mo einen Schluckauf. Die Cola!

Okay! Allein lasse ich sie hier nicht sitzen.

Herr Rudelius geht an uns vorbei und nickt uns zu. Er ver-schwindet im Lehrmittelzimmer. Kurze Zeit danach kommt Lili die Treppe rauf, bleibt kurz stehen, redet ein paar Takte mit uns, geht dann links den Gang runter, wartet einen Moment, guckt sich um und huscht ebenfalls ins Lehrmit-telzimmer! Ich weiß, man soll nicht durch Schlüssellöcher gucken. Aber in dem Fall?

Lili und Herr Rudelius stehen am Fenster. Arm in Arm. Und nicht nur das. Sie küssen sich. Aber wie! Ich glaub's nicht! Armer Rob!

»Mo!«, sage ich. »Jetzt gehen wir tanzen!«

»Hicks!«, macht Mo ein letztes Mal und nickt. Tanzen ist in jedem Fall besser als rumhängen und Trübsal blasen.

Die ersten Schritte sind blöd. Wir bewegen uns wie auf Eiern. Schließlich sind Patrick und Jonathan in Sichtweite. Aber wir beide sind so ein eingespieltes Team, dass das blöde Gefühl nicht lange anhält. Mo und ich tanzen, als hätten wir eine Choreografie. Es macht Spaß! So viel Spaß, dass ich Patricks Gegenwart für einen Moment vergessen kann. Jonathan steht am Rand und guckt uns zu. Mo tanzt mit dem Rücken zu ihm. Ich sage ihr nichts, sonst stolpert sie wieder.

Nach dem fünften Stück hören wir auf. Mo guckt auf die Uhr.

»In einer Viertelstunde fängt unser Dienst am Getränkestand an!«, sagt sie, immer noch etwas außer Atem. Ihr Gesicht ist gerötet und ihre Augen blitzen. Sie sieht klasse aus! Und ich sehe auch klasse aus. Verdammt noch mal! Auch wenn mein Busen einen Hauch kleiner ist als der von dieser Isa!

Am Getränkestand ist die Hölle los. Anscheinend haben alle gleichzeitig Durst bekommen. Ich sehe Biene ankommen. Sie hat ihren Bruder dabei. Die beiden stürmen sofort auf die Tanzfläche. Donnerwetter, die sind zusammen fast so gut wie Mo und ich. Herr Rudelius kauft **zwei** Flaschen Apfelschorle. Ich bediene ihn kühl und professionell. Und dann kommt Rob in die Aula. Soll ich ihm was sagen oder lieber nicht? Er kommt auf uns zu. Mo guckt mich an und schüttelt den Kopf. Wir verstehen uns auch ohne Worte.

»Hi, Schwesterherz!«, sagt Rob gut gelaunt. »Kannst du deinen Bruder vorm Verdursten retten?«

»Na klar!« Das Grinsen fällt mir schwer, aber ich kriege es hin. Er merkt nichts.

»Puh!«, sagt er und wischt sich über die Stirn. »Es ist heiß hier drin!« Er lässt sich die halbe Flasche Cola auf einmal in den Hals gluckern und fragt: »Hast du Lili gesehen?«

»Äääh!«, stammle ich.

Rob guckt sich um. »Oder Biene?«

»Biene hab ich gesehen!«, sage ich eifrig. »Sie tanzt! Mit Oskar!«

Rob nickt uns zu und geht fröhlich mit federnden Schritten davon.

»Puh!«, macht Mo.

»Das kannst du laut sagen!«, sage ich.

Jonathan kommt an unseren Stand, um sich ein Spezi zu holen.

»Ich müsste mal dringend aufs Klo!«, sage ich zu Mo. »Kann ich dich einen Moment mit der durstigen Meute allein lassen?«

»Geh nur!«, sagt Jonathan. »Ich übernehme für dich! Mo und ich sind ja schon ein eingespieltes Team.« Er lächelt und Mo strahlt wie ein Honigkuchenpferd.

Das ist ja genial. Man könnte meinen, das hätte ich besonders geschickt eingefädelt, aber ich muss wirklich dringend aufs Klo. Ich beeile mich, bis mir einfällt, dass Mo garantiert nicht allzu sehnsüchtig auf mich wartet. Ich setze mich auf eine Mauer am Rand des Schulhofs, um ein bisschen Zeit totzuschlagen. Felicitas kommt vorbei. Sie sieht traurig aus. Marie-Sophie und Jacqueline! Demnächst sind sie dran. Fragt sich nur, mit was.

Ich schließe die Augen und lasse mein Gesicht von der Sonne bescheinen.

»Hei, Maxi!«, sagt jemand. Es ist Oskar. Er hockt sich neben mich auf die Mauer. »Biene hat mir von eurem Anschlag im Autokino erzählt!«, sagt er und grinst. »Das war echt super. Muss man erst mal draufkommen.«

»Tja, wer kann, der kann!«, sage ich und lache. Ich erzähle ihm die ganze Geschichte noch mal haarklein und Oskar lacht sich kaputt. »Hast du Big Joe seitdem mal gesehen?«, frage ich dann.

Oskar nickt. »Am nächsten Tag auf der Straße. Ich war gerade zu Besuch bei meinem Freund Ralf. Big Joe hat mit einem Dampfreiniger und Polsterschaum sein Auto gereinigt. Während die Mutter im Garten gestanden ist und wie am Spieß geschrien hat.«

»Wieso das denn?«

Oskar kichert in sich hinein. »Wegen der Schneckenplage, die sich da über Nacht breitgemacht hat.«

»Nein!«, rufe ich und muss mir den Bauch halten. »Der hat die Biester im eigenen Garten entsorgt?«

Oskar nickt. Ich frage ihn nach Biene. Und Oskar meint, dass sie den alten Deppen wohl inzwischen überwunden hat. Wir bleiben noch eine ganze Weile da auf der Mauer sitzen. Unsere Dienstzeit am Getränkestand ist inzwischen sowieso zu Ende, glaube ich. Wir quatschen über alles Mögliche. Ich wundere mich, dass Bienes früher so zurückhaltender Bruder auf einmal so gesprächig ist. Er hat seine langen Beine von sich gestreckt und erzählt mir von seinem Saxofonunterricht, den er bei einem Jazzmusiker im Nachbarort nimmt, und von seiner neuesten Lieblingsbeschäftigung, dem Freeclimbing.

»Und was machst du so, den ganzen Tag?«, fragt er gerade, als ein Schatten über uns fällt. Erstaunt schaue ich hoch. Es ist Patrick.

»Maxi!«, sagt er. »Schön, dich zu sehen!« Er lässt sich rechts neben mir auf die Mauer fallen. Oh Gott, was soll das werden? Ich versuche, cool zu bleiben. Aber ich fürchte, ich gucke ziemlich belämmert. Ob Oskar was merkt?

»Maximiliane!«, raunt Patrick. Er tut gerade so, als wäre Oskar gar nicht da. »Wollen wir uns wieder vertragen?«

Oskar steht auf. »Tschö!«, sagt er. »Man sieht sich!«

»Tschö!«, sage auch ich, aber ich bin mir nicht sicher, ob er mich noch hört.

Patrick sitzt neben mir. Wartet der jetzt wirklich auf eine Antwort? Meine rechte Seite wird warm wie das Waffeleisen der Sechstklässler. Patricks Gesicht ist ganz dicht an meinem Ohr. »Na?«, haucht er. In meinem Hirn arbeitet es fieberhaft. Ich will unbedingt das Richtige tun. Ihn weder vergraulen noch so tun, als wäre ich so schnell wieder rumzukriegen. Um Zeit zu gewinnen, lehne ich mich zurück und schlage die Beine übereinander. In dem Moment kommen Isa und Laura auf den Schulhof. Patrick steht auf. Er grinst zu mir runter. »Na gut! Eine Chance hattest du. Vielleicht geb ich dir irgendwann eine zweite!«

Mir wird heiß! Aber diesmal vor Wut. Zum Glück habe ich

mich unter Kontrolle und lächle ihn nur ziemlich unterkühlt an. »Man sieht sich!«, sage ich so hochnäsig, wie ich nur kann. Dann stehe ich auf und gehe an ihm vorbei in die Aula.

Ich sehe mich nach Mo um. Am Getränkestand ist sie nicht mehr. Das war ja zu erwarten. Die *Hush Puppies* haben inzwischen abgebaut und der DJ ist gerade dabei, seine Anlage zum Laufen zu bringen. Es gibt eine Rückkoppelung und ein schrilles Pfeifen erfüllt den Raum. Ich halte mir die Ohren zu. Da entdecke ich Mo, die im hinteren Teil der Aula an einem Schaukasten lehnt. Sie redet mit Felicitas und Nanette. Nanette geht auch in unsere Klasse. Sie ist genauso eine unauffällige Person wie Feli.

Als Mo mich sieht, kommt sie auf mich zu. »Wo warst du denn so lange?«, fragt sie vorwurfsvoll.

»Ich wollte euch nicht stören«, sage ich.

»Da wär es auch nicht mehr drauf angekommen!«, sagt Mo düster.

Oh Mist! »Was ist passiert?«

»Nichts weiter!«, seufzt Mo. »Zuerst haben wir uns ganz nett unterhalten. So knapp fünf Minuten immerhin. Dann kam Marie-Sophie an den Getränkestand. Frisch gepressten O-Saft wollte sie haben. Die hat sie doch nicht alle! Jedenfalls hat sie Jonathan ganze zehn Minuten die Ohren vollgequatscht, und als sie endlich abgeschwirrt ist, kam ein ganzer Pulk aus seiner Klasse. Die haben ihn dann auch mitgeschleppt, als unser Dienst vorbei war. Fairerweise ist er bis zum Schluss geblieben, weil du ja nicht wieder aufgetaucht bist.«

»Waren Mädchen dabei?«, frage ich. Mo guckt mich fragend an. »Na, bei dem Pulk aus seiner Klasse!«

Mo nickt. »Leonie Schmiedinger und Anke Vogt.«

Ich lege Mo den Arm um die Taille. »Die beiden sind nun wirklich keine Gefahr. Leonie ist schon seit Urzeiten mit Andreas Leucht zusammen.«

»Und Anke?«, fragt Mo.

»Vergiss es!«, lache ich. »Wer will schon Anke Vogt, wenn er Mona-Louisa von Bolkenhagen haben kann.«

»Du spinnst!«, sagt Mo. Aber wenigstens lacht sie wieder.

Der DJ hat seinen Kampf mit der Technik hinter sich gebracht und lässt das erste Stück laufen. Es ist etwas von *Subway to Sally*. Das ist die Lieblingsband von Lili, wenn sie nicht gerade echte mittelalterliche Musik hört. Ich gucke mich um. Ob die immer noch mit Rudelius untergetaucht ist? Aber nein. Sie sitzt, wie wir eben, auf der Treppe zum ersten Stock, trinkt Kaffee und balanciert dazu ein riesiges Stück Sahnetorte auf ihren Knien. Der Rock ihres langen Elbenköniginnen-Kleids hängt zwischen den Sprossen des Treppengeländers nach unten.

Es ist ein ganz spontaner Einfall. Ich schleiche mich unter die Treppe und knote einen Zipfel des Kleides am Gestell der zusammengeklappten Tischtennisplatte fest, die dort für die Dauer des Festes abgestellt worden ist. Dabei denke ich nur an den armen Rob, der nicht weiß, was seine Angebetete mit unserem Lehrer treibt. Dann schleiche ich mich zurück und gebe Mo ein Zeichen. Wir stellen uns in die Nähe des

Getränkestands auf und beobachten, was sich auf der Treppe tut. Rudelius kommt, sagt etwas zu Lili, die steht auf, bleibt hängen und – schwupp – landen Sahnetorte und Kaffee auf den coolen Klamotten von Rudelius. Der Knoten im Kleid hat sich durch den heftigen Ruck gelöst, die Tischtennisplatte setzt sich in Fahrt und rollt in eine Gruppe Oberstufenschüler hinein, die ebenfalls gerade dabei sind, zu essen und zu trinken. Limobecher fliegen durch die Gegend, Hotdogs klatschen zu Boden, Sahnewaffeln schmieren ab. Eine landet genau im Ausschnitt von Elvira Kurowsky, die schon immer für ihr durchdringendes Kreischen bekannt war.

»Erfolg auf der ganzen Linie!«, sage ich und weiß nicht genau, ob ich mich darüber freuen soll. Lili hat einen hochroten Kopf und nestelt an ihrem Kleid. Rudelius rennt in Richtung Lehrerzimmer. Er sieht wütend aus. Mo packt mich beim Arm und zieht mich aus der Gefahrenzone. Bis jetzt hat anscheinend außer ihr niemand gemerkt, dass ich dahinterstecke. Wir gehen nach draußen auf den Schulhof.

»Musste das sein?«, fragt Mo. Sie klingt ziemlich genervt, als sie weiterredet. »Du weißt doch genau, dass wir die *Roaring Lions* brauchen, wenn wir unseren Plan mit Fliegel und dem Singspiel umsetzen wollen!«

»Klar!«, antworte ich kleinlaut.

»Na also!«, sagt Mo.

»Aber Lili ... und Rob ...«, stammle ich.

»Du hast neulich selbst gesagt, dass du nicht weißt, was genau zwischen den beiden ist!«

Ich nicke bloß. Schweigend gehen wir nebeneinanderher, bis wir an der Turnhalle ankommen. Hier ist nichts
los. Die Geländespiele der Kleinen sind längst vorbei. Unter
der Trauerweide steht ein eng umschlungenes Paar. Die
beiden knutschen, als wollten sie sich gegenseitig fressen.
Mo schiebt den Kopf nach vorne und reißt erstaunt die
Augen auf.

»Ach du Scheiße!«, flüstere ich. Da steht mein ›armer be-
trogener‹ Bruder Rob und knutscht mit Biene.

Rache, oder was?

Da hat die Racheagentur *Max und Moritz* wohl voll danebengelangt«, sagt Mo.

»Sieht so aus!«, murmle ich zerknirscht. Mo hakt sich bei mir unter.

»Wir hoffen mal, dass wirklich keiner mitgekriegt hat, wer das war.«

»Und wenn doch?«, grinse ich verlegen.

»Dann gnade dir Gott!«, sagt Mo und grinst zurück. »Dann denke ich mir eine angemessene Rache für dich aus. Lass mich überlegen! Wie wäre es mit einer Übernachtung in einer Badewanne voller Nacktschnecken?« Sie kratzt sich nachdenklich am Kinn. »Hm. Ein Foto davon könnte man an Patrick mailen.«

»Lieber nicht! Du kannst deinem armen Pa doch nicht schon wieder alle Köder vorenthalten. Womit soll der arme Mann dann angeln gehen?«

Mo jault auf und in dem Moment laufen wir Patrick in die Arme, der gerade aus der Aula heraustritt.

»Was ist los?«, fragt er. Sein Lächeln ist total arrogant. Ein richtiges Wolfslächeln! »Hat Schneewittchen seine sieben Zwerge verloren?«

Mo legt ihm den Arm um die Hüfte, guckt ihm tief in die Augen und sagt: »Was macht unser Klein-Patrick denn so spät noch auf dem Schulfest? Sollte er nicht längst zu Hause bei Mami sein und ein bisschen Fahrradreparieren üben?«

Klasse! Wie Patrick guckt! Das hätte ein echter Triumph werden können, wenn nicht ausgerechnet jetzt Jonathan in der Tür auftauchen würde. Er guckt Mo an. Mo guckt ihn an und vergisst vor lauter Schreck ihre Hand von Patricks Hüfte zu nehmen. Erst als Jonathan um die Ecke gebogen ist, schüttelt sie ihren Arm aus, als hätte sie ein lästiges Insekt berührt.

Ich würde jetzt gern einfach nach Hause gehen. Für heute reicht's echt! Aber da kommt Lilis jüngere Schwester Patricia angeschossen. Sie hätte gehört, dass wir so eine Art Racheagentur führen würden und dass wir ganz tolle Sachen draufhätten, wenn es darum ginge, jemandem eins auszuwischen, und ob wir auch was für sie tun könnten? Ob wir wüssten, dass sie schon seit einem halben Jahr mit Georg ginge? Und als wir verneinen, erzählt sie uns die ganze Liebesgeschichte mit Georg. Also mit dem ganzen ›Und dann habe ich gesagt …‹, ›Und dann hat er gesagt …‹.

Wenn es sich nicht ausgerechnet um Lilis Schwester handeln würde, wären wir schon längst über alle Berge. Patricia plappert weiter und zum Schluss stellt sich heraus, dass dieser Georg von Anfang an zwei Freundinnen hatte. Nämlich Patricia und eine gewisse Valerie aus seinem Judo-Verein. Patricia ballt die Fäuste und ein paar Tränen glitzern in ihren Augen.

»Seit wann weißt du das?«, frage ich mit einem Seufzer.

»Seit gestern Nachmittag«, sagt Patricia und fängt nun auch noch an zu schluchzen.

»Mal sehen, was wir tun können«, sage ich und merke selbst, dass ich gar nicht richtig bei der Sache bin. Ich gucke Mo an, aber die ist gerade überhaupt nicht ansprechbar.

»Wir brauchen ein Foto von dem Typen, seine Mail-Adresse, seine normale Adresse, die Telefon- und Handynummer.« Was schwafle ich da eigentlich? Ich tue gerade so, als hätten wir wirklich eine Agentur. »Also alle Informationen, die du so kriegen kannst. Am besten lässt du uns alles über Lili zukommen!« Ich hab ein schlechtes Gewissen, als ich Patricias erwartungsvollen Blick sehe, und gleichzeitig hoffe ich, dass sie ewig braucht, um die Infos zusammenzukriegen. Am besten wäre es, das Ganze verliefe sich so schnell wie möglich im Sand. Auf Racheaktionen jeglicher Art habe ich im Moment einfach keinen Bock. Auch wenn es tausendmal Lilis Schwester ist, die da vor uns steht!

Mo hat sich ungewöhnlich schnell und wortkarg von mir verabschiedet. »Mir ist nicht gut!«, hat sie bloß gemurmelt, als ich nachgefragt habe.

Zu Hause auf dem Sofa sitzen Rob, Biene und Lili. Ma und Pa sind unterwegs und machen einen Abendspaziergang.

Rob und Biene haben Lili in die Mitte genommen. Die sitzt völlig zusammengesunken da und schluchzt herzzerreißend. Ich will mich vorbeischleichen und in meinem Zimmer verschwinden, aber Biene hat mich schon gesehen. Sie winkt mich herbei. Oh Mann! Ich kann mir schon denken, was jetzt kommt. Aber Biene ist ganz freundlich und reicht mir bloß ein Glas Holunderblütensaft.

»Was hat sie denn?«, frage ich flüsternd mit einem Kopfnicken in Lilis Richtung. Zu blöd, als wenn ich das nicht wüsste!

»Das Übliche!«, sagt Biene. »Ärger mit einem Typen, was sonst?«

Ich nicke mitfühlend und gehe mit meinem Glas in die Küche. Nach einer Weile höre ich die drei aufbrechen. Rob steckt den Kopf zur Tür rein und teilt mir mit, dass er die beiden schnell nach Hause fährt. Biene quetscht sich an ihm vorbei und meint, dass wir langsam mal zu Potte kommen müssten, wenn das mit der Aktion Fliegel noch was werden soll. Sie zwinkert mir zu. »Morgen um vier im Probenraum?«

Ich nicke. »Ich sag Mo Bescheid!«

Biene wirft mir noch eine Kusshand zu, dann ist sie durch die Tür.

Ich habe Hunger und bin gerade dabei, mir ein Wurstbrot zu schmieren, als Rob zurückkommt. Er geht an den Kühlschrank, holt sich die Milchflasche, nimmt einen tiefen Schluck, dann fängt auch er an, sich eine dicke Brotscheibe herunterzusäbeln.

Ich gebe mir einen Ruck. »Ich dachte immer, **du** wärst in Lili verknallt …«

Rob stutzt, dann wischt er sich den Milchbart ab und grinst. »Stimmt! Das war ich auch!« Er holt sich die Käseglocke aus der Speisekammer und betrachtet jede Käsesorte sorgfältig, bevor er sich für den Bio-Bergkäse entscheidet. »Sie ist einfach so schön!«, sagt er nachdenklich. »Wie ...!«

»Wie die Elbenkönigin!«, helfe ich ihm.

»Genau! Oder wie eine Fee. Jedenfalls nicht von dieser Welt.« Rob schneidet den Käse in kleine Würfel. »Und deshalb ist sie nichts für mich.« Er grinst und wird ein kleines bisschen rot, als er weiterredet. »Ich hab festgestellt, dass Biene viel besser zu mir passt.« Ich muss ihn fragend angeguckt haben, deshalb erklärt er: »Wir können über alles reden, und das Beste: Wir können zusammen lachen. Ich hab mit niemandem so viel Spaß wie mit Biene.«

»Und außerdem sieht sie noch gut aus!«, sage ich mit Nachdruck.

»Das kannst du laut sagen!« Rob zupft mir an den Haaren.

»Also hat Lili wegen dir geheult?«, frage ich, obwohl ich genau weiß, dass es nicht stimmt.

Rob seufzt. »Nee! Das ist eine andere Geschichte. Versprichst du mir, dass du die Klappe hältst?«

»Schon passiert!«, sage ich und fische so lässig wie möglich eine saure Gurke aus dem Glas.

Rob erzählt, was ich schon weiß, nämlich dass Lili in Wolf Rudelius verknallt ist. »Was heißt verknallt? Jemand wie Lili verknallt sich nicht. Nee, nee, das ist schon die **ganz** große Liebe!«

Täusche ich mich oder höre ich da leichten Spott heraus?

»Und er ist auch in sie verknallt, ääh, ganz groß verliebt?«, frage ich.

»Ich glaub schon, aber heute hatten sie Streit. Lili wollte, dass er sich öffentlich zu ihr bekennt. Aber das kann er ja nicht. Er ist immerhin unser Lehrer. Lili meinte aber, dass sie mit neunzehn Jahren eindeutig volljährig ist und es deshalb keine Rolle spielt. Sie glaubt, dass Wolf nicht wirklich zu ihr steht. Sie hat ihm vorgeworfen, dass er nur darauf aus ist, allen Schülerinnen den Kopf zu verdrehen. Was Quatsch ist!«, sagt Rob, und mit einem Schulterzucken: »Frauen!«

Ich strecke ihm die Zunge raus. »Und deshalb hat sie so geheult?«, frage ich.

»Ach!«, sagt Rob. »Da ist noch so eine ganz blöde Sache passiert.« Und er erzählt die Geschichte, wie Lili auf der Treppe gesessen hat. Ein Stück Sahnetorte und eine Tasse Kaffee in der Hand, die Biene ihr zum Trost gebracht hatte, dabei hatte Lili nach dem Streit überhaupt keinen Appetit. »Dann ist Wolf vorbeigekommen. Lili ist aufgestanden, um ihm zu sagen, dass es ihr leidtut. Aber dann hat sich irgendwie ihr Kleid im Treppengeländer verheddert und durch diesen blöden Zufall sind mit einem Ruck sowohl Torte als auch Kaffee auf Rudelius gelandet. Blöderweise hat er geglaubt, Lili habe das mit Absicht gemacht.«

»Kann sie nicht noch mal mit ihm reden und ihm alles erklären?«, frage ich zaghaft.

»Das hab ich auch gesagt!«, meint Rob. »Aber wenn du ehrlich bist, klingt das mit dem Kleid nicht so wirklich glaubwürdig.«

Ich fühle mich hundeelend.

»Das Blöde ist«, sagt Rob und kaut mit vollem Mund,

»Rudelius' Referendariat ist so gut wie zu Ende, und wenn er nicht übernommen wird, ist er erst mal weg.«

»Scheiße!«, sage ich.

Rob nickt. »Aber mal was anderes. Biene hat uns von eurem Plan erzählt. Das ist eine super Idee. Die *Roaring Lions* sind dabei«, sagt er und lacht mich an. »Wird Zeit, dass der gute Fliegel mal die Neuzeit kennenlernt!«

»Super!«, sage ich und versuche, krampfhaft zu zeigen, wie sehr ich mich freue.

»Nacht, Kleines!«, sagt Rob. »Wir sehen uns morgen?«

Ich nicke.

Hip-Hop und Nieselregen

Es ist grässlich! Heute Morgen vor der Schule treffe ich als Erstes Lili. Sie sieht blass aus und lächelt mich an wie der sterbende Schwan persönlich. Dann läuft mir Jonathan über den Weg. Er grüßt mit einem abwesenden Kopfnicken. Und als die erste Stunde – ausgerechnet bei Mathe-Schleicher – anfängt, ist auch klar, dass Mo heute nicht in die Schule kommt. Sie sei entschuldigt, sagt Mathe-Schleicher nur knapp, als ich nachfrage.

Ohne Mo an meiner Seite sind Marie-Sophie und Jacqueline überhaupt nicht zu ertragen. In jeder Pause kichern und giggeln sie und erzählen jede Einzelheit, die sie gestern auf dem Schulfest erlebt haben, in so einem hohen quietschenden Ton. »Wie der Rudeeelius getanzt hat!«, sagt die eine. »Süüüß!«, die andere. Es ist fast alles »süüüüß«, auch Patrick. Das war ja klar! Aber auch Marvin und sogar Jonathan kommen auf die süße Liste. Komisch! Bloß Oskar fehlt. Sollten sie den übersehen haben?

Au Backe! Auch Felicitas scheint sich in Rudelius verguckt zu haben. Alles, was mit ihm zu tun hat, erzählen die beiden mit einem vielsagenden Seitenblick auf Feli. Und die wird dann regelmäßig rot oder zupft verlegen an ihrem T-Shirt herum. Die Arme. Echt!

Mo taucht nicht in der Schule auf, sie antwortet nicht auf

meine SMS und mittags geht sie nicht ans Telefon, als ich anrufe. Später erwische ich ihre Mutter, aber die behauptet, Mo könne nicht ans Telefon kommen, sie sei in ihrem Zimmer und schlafe. Ich lasse ihr ausrichten, dass wir heute um vier bei den *Roaring Lions* verabredet sind. Frau von Bolkenhagen verspricht, Bescheid zu sagen, aber wie gesagt, sie denke nicht, dass ihre Tochter dort hinkommen könne: »Mona-Louisa ist nicht auf dem Damm!«

Ich frage, ob ich sie besuchen darf, aber das lehnt Mos Mutter energisch ab.

Das Treffen mit den *Lions* würde ich am liebsten absagen. Ich denke an Mo und die heulende Lili und frage mich, wie ich in so einer Stimmung den richtigen Drive kriegen soll, um die *Lions* von unserer Idee zu begeistern.

Unser Haus kommt mir heute ungeheuer groß und leer vor. Dabei ist es normal, dass ich nachmittags hier allein bin. Rob ist meistens irgendwo unterwegs und Ma und Pa sind bei der Arbeit.

Als ich noch kleiner war, habe ich mich oft in Mas Blumenladen verkrochen, vor allem wenn es mir nicht so gut ging. Ich habe mich dort auf einen bunt bemalten Schemel gesetzt, Ma hat mir ein paar von den Blumen gegeben, die schon kurz vorm Verwelken waren, und mir gezeigt, wie ich daraus Kränze winden kann.

Ich denke an den schweren, feuchten Duft nach Pflanzen und Erde, an das Plätschern des Zimmerspringbrunnens, der in der Mitte des Ladens steht, an das Knistern des Seidenpapiers, wenn Ma einen Strauß einwickelt, und an das

Klingeln der altmodischen Kasse auf dem Tresen. Es ist erst halb drei, wenn ich jetzt sofort losgehe, kann ich dort noch vorbeischauen, bevor ich zum Probenraum aufbreche.

Ma begrüßt mich hocherfreut, aber sie hat heute viel Kundschaft und kann sich nicht weiter um mich kümmern. Ich lasse mich auf dem Schemel nieder. Es ist der gleiche wie immer, aber irgendwie passe ich nicht mehr so recht drauf. Der Schemel ist niedriger, als ich ihn in Erinnerung habe. Ich weiß nicht, wo ich meine Beine und meine Arme lassen soll. Und zum Kränzewinden bin ich inzwischen entschieden zu alt.

Ich bleibe einfach eine Weile sitzen und gucke Ma zu. Sie sieht hübsch aus, da zwischen dem vielen Grün. Komisch, das ist mir früher nie so aufgefallen. Sie trägt ein helles Leinenkleid und ein kurzes Wolljäckchen, das über und über mit Blumen bestickt ist. Ihre dunklen lockigen Haare trägt sie heute offen. Den Mann, der da gerade einen Strauß aus Bauernrosen und Amaryllis kauft, lächelt sie so freundlich und offen an, dass es mich nicht wundern würde, wenn er vor ihr dahinschmelzen würde. Ma wirkt wie eine echte Blumenfee. Ha! Jetzt weiß ich auch, warum Rob sich in Lili verknallt hat. Frühkindliche Feenprägung! Aber wenn Ma eine Fee ist, dann eine mit Humor, eine, die auch mal richtig wütend werden kann, und die, wenn es darauf ankommt, arbeitet wie ein Brauereipferd. Das hat zumindest Pa neulich zu ihr gesagt.

Ich stehe auf, meine Beine tun mir von dem zusammengeklappten Sitzen schon weh, werfe Ma eine Kusshand zu und gehe langsam, tausend Umwege machend in Richtung Gärtnerei.

Die Eisdiele liegt bei dem Nieselwetter wie ausgestorben da. Nur Luigi, der Chef, steht mit hochgezogenen Schultern in der Tür. Er sieht aus, als ob er friert. Im Garten vom Café Kremer sitzen zwei alte Damen unter einem großen Schirm und trinken heißen Kakao, ansonsten ist auch hier tote Hose. Ich schiebe die Hände in die Jackentasche und denke an Mo. Wir haben im letzten Jahr so viel zusammen gemacht, dass ich mir ohne sie richtig amputiert vorkomme. Plötzlich wird mir etwas klar und ich bleibe erschrocken stehen. Ich kann es aushalten, dass Patrick mich nicht liebt. Ich kann es aushalten, mich in diesem blöden Max-und-Moritz-Kostüm lächerlich zu machen. Aber ohne Mo kann ich es ganz bestimmt nicht aushalten! Wenn Mo nichts mehr mit mir zu tun haben will, dann ist das die absolute Katastrophe!!!!

Mit riesigen Schritten stapfe ich jetzt weiter. Mein Entschluss steht fest. Ich werde alle Missverständnisse aus dem Weg räumen. Ich werde Jonathan klarmachen, dass Mo nicht das Geringste von Patrick will. Ich hab nur noch keine Ahnung, wie ich das anstellen soll. Egal! Und ich werde die Sache mit Lili aus der Welt schaffen. Wie? Ich rede mit Rudelius! Ganz einfach! Unsere Aktion mit den *Roaring Lions* darf von dem Scheiß einfach nicht gefährdet werden.

Direkt fühle ich mich besser und gehe in einem solchen zielstrebigen Tempo zum Probenraum, dass ich einen hochroten Kopf habe und nach Luft japse, als ich die schwere Eisentür aufdrücke.

Von den *Lions* ist noch niemand da, bis auf Flori, der über sein Schlagzeug gebeugt dasteht und irgendetwas daran herumschraubt. Mit Flori ist es seltsam, er ist schon seit ewigen Zeiten mit Rob befreundet und war schon ganz oft bei uns zu Hause, aber ich weiß sehr wenig von ihm. Eigentlich nur, dass er der Schlagzeuger der *Roaring Lions* ist, eine Schwäche für südamerikanische Musik hat und mit Alex, dem großen Bruder von Patrick, in einen Motorradclub geht. Es gibt Tage, da ist Flori sehr gesprächig, dann quasselt er in einer Tour. Aber meistens kriegt man nicht viel von ihm mit. Und mit kleinen Schwestern hat er definitiv nicht viel am Hut. Er ist zwar nie unfreundlich zu mir, aber es kommt mir immer so vor, als würde er durch mich hindurchgucken. Deshalb bin ich froh, als die Tür aufgeht und Biene und Rob hereinkommen.

»Wir fangen am besten gleich an!«, sagt Biene. »Lili kommt heute nicht! Sie hat mich gerade angerufen, es geht ihr nicht gut.«

Bei den Worten schrumpfe ich innerlich auf Zwergenformat zusammen. Ich will gerade zu einer Erklärung ausholen, warum auch Mo nicht kommen kann, als die Tür noch einmal aufgeht.

»Bin ich zu spät?«, fragt Mo.

Ich springe auf, renne auf sie zu und umarme sie, als hätten wir uns Jahrzehnte nicht gesehen. »Was war denn los?«, frage ich.

Mo zuckt die Achseln. »Seit gestern musste ich permanent kotzen. Zu viel Hotdogs und Cola, schätze ich! Danach habe ich stundenlang gepennt wie eine Tote und jetzt geht's langsam wieder.«

Ich drücke sie so fest, dass sie fast keine Luft mehr bekommt.

»He!«, sagt sie und schiebt mich weg. »Ich hab zwar schon gekotzt, aber du schaffst es, noch das Letzte aus mir rauszuquetschen, wenn du so weitermachst!« Sie lacht und fragt: »Was hast du denn?«

»Ach nichts!«, sage ich und strahle sie an. Und dann, als ich merke, dass die anderen nicht zuhören, füge ich zaghaft hinzu: »Ich dachte, du wärst sauer auf mich!«

»Wegen gestern?«

Ich nicke. »Du weißt schon, die Sache mit Lili und dann zum Schluss der blöde Auftritt mit Patrick. Der ist auch nur wegen mir passiert.«

Mo tippt sich an die Stirn. »Spinnst du jetzt? Seit wann bist du so zimperlich? Wenn ich Grund hätte, auf dich sauer zu sein, dann weil du dich aufführst wie eine verängstigte Prinzessin auf der Erbse.« Sie guckt mich forschend an. »Du kriegst deine Tage, stimmt's?«

»Stimmt!«, sage ich verwundert und muss lachen.

Mo legt mir den Arm um die Hüfte. »Jetzt lass uns anfangen! Keine Ahnung, wie lange ich durchhalte. Ein bisschen wacklig fühle ich mich nämlich immer noch!«

Der Plan von Mo und mir war eigentlich, nur ein paar Lieder des Singspiels zu ändern und auf unsere Art aufzuführen. Aber die *Roaring Lions* wollen eine völlig neue Version der ganzen Max-und-Moritz-Geschichte daraus machen. Eine Version mit moderner Musik und teilweise abgeänderten Texten. Für die Texte ist hauptsächlich Mo zuständig. Die ist sowieso vom Reimzwang befallen und hat schon eine Menge guter Ideen. Musikalisch soll es eine Mischung werden. Eine Mischung aus Rap-Elementen, Hip-Hop, Rock, Ska und sogar ein bisschen lateinamerikanischem Rhythmus (Flori zuliebe).

»Schade, dass Lili heute nicht da ist!«, sagt Rob. »Die hatte schon eine irre gute Melodie für die Szene, in der Witwe Bolte hinter dem armen Spitz her ist!«

»Mittelalterrock?«, fragt Flori und grinst.

»Was denn sonst?«, meint Rob.

Biene klatscht begeistert in die Hände. »Fliegel wird Augen machen!«

»Du meinst, er wird Ohren machen!«, sagt Rob, grinst und küsst Biene zärtlich auf die Wange. Die beiden hat's echt erwischt. Das ist nicht zu übersehen.

»Aber wie fangen wir an?«, frage ich und fühle mich plötzlich mutlos, als ich die viele Arbeit auf uns zukommen sehe. Und dann die vielen unterschiedlichen Vorstellungen, die jeder so hat. Wie soll man die alle unter einen Hut kriegen?

»Ganz einfach!«, sagt Flori. »Die Grundlage ist erst mal eure Session neulich. Die war nämlich schon ziemlich gut.« Er guckt Rob an. »Das junge Gemüse hat 'n ziemlich gutes Rhythmus-Gefühl.«

Wow! So viel Lob aus Floris Mund. Ich bin beeindruckt!

»Ach du liebe Güte!«, sagt Mo. »Das kriegen wir doch nie wieder so hin!« Sie guckt mich fragend an. »Oder weißt du noch, was wir da genau gemacht haben?«

Ich schüttle den Kopf.

»Kein Problem!«, sagt Flori mit unbewegtem Gesichtsausdruck. »Hab ich alles mitgeschnitten!«

Ich bin begeistert, springe auf. Aber Rob hält mich am Arm fest. »Jetzt fall ihm bloß nicht um den Hals, sonst steigt er aus!«, zischt er mir ins Ohr.

Ich grinse und setze mich wieder hin. »Ich werd mich beherrschen!«

Nachdem wir uns die Aufnahme angehört haben, bleiben wir eine ganze Weile hocken und besprechen erst mal alles, was außer der Musik wichtig ist. Unser Auftritt soll zwei Tage vor Fliegels Uraufführung in der Turnhalle stattfinden. Rob hat schon mit dem Hausmeister gesprochen und der hat ihm zugesagt, dass wir die Halle an dem Tag bekommen können. Handzettel müssen geschrieben werden, damit auch ja viele Schüler und natürlich Lehrer dort auftauchen.

»Wir kündigen das als Überraschung an. Eine Art vorgezogener Abi-Streich, versteht ihr?« Rob reibt sich die Hände. So langsam wird mir klar, warum die *Roaring Lions* so bereitwillig auf unsere Idee eingegangen sind. Denen geht es nicht darum, Mo und mir zu helfen. Die verfolgen knallhart ihre eigenen Interessen. Mir fällt ein, wie oft Rob gemeckert hat, dass Fliegel die Musik der *Roaring Lions* nicht ernst nimmt. Vor ein paar Jahren, als sich die *Lions* gegründet haben, hat Rob nämlich sehnsüchtig auf ein Lob seines damals noch hochverehrten Musiklehrers gewartet. Vergeblich!

Aber das kann uns ja egal sein, solange die Sache läuft und wir einen echt obercoolen Auftritt haben, der uns von unserer besten Seite zeigt, bevor uns alle in diesem peinlichen Fliegel-Singspiel sehen.

Rob will Fliegels Lieblingssänger, den langen Lars, einweihen und Biene will bei einem Mädchen aus dem Chor vorfühlen, ob es ein paar Kinder gibt, die nicht gleich alles ausplaudern. Die könnten das eine oder andere Lied mit einstudieren. Einfache Sachen, die man schnell draufhat und zur Not vom Blatt absingen könnte.

»Was ist mit Bühnenbild?«, fragt Biene.

»Das Bühnenbild des Singspiels ist eigentlich ganz okay!«, sage ich. »Das hat Bauer, unser Kunstlehrer, gut hingekriegt. Ist nicht allzu kitschig!«

»Gut!« Rob nickt. »Mit Bauer rede ich. Vielleicht können wir es benutzen und mit ein paar witzigen Sachen und einer coolen Beleuchtung ein bisschen aufpeppen!«

Biene strahlt meinen Bruder von der Seite an. Nun mach mal langsam!, denke ich. Zu viel Bewunderung vertragen Jungs nicht. Nicht mal mein Bruder.

»Kostüme?«, fragt Biene.

Aber da stehen die Jungs auf dem Schlauch. Irgendwann fangen sie an, an der Anlage herumzufummeln, während Biene, Mo und ich in Gedanken unsere Garderobe durchgehen. Und auch die von Mos Mutter und Bienes Großmutter. Biene erklärt, dass ihre Oma an der Fachschule für Mode unterrichtet hat und deshalb zeit ihres Lebens abgefahrene Klamotten und Hüte gesammelt hat.

»Glaubt mir, Oma Hannchen wird glücklich sein, wenn sie uns helfen kann!« Biene reibt sich voller Vorfreude die Hände. »Ich red gleich morgen mit ihr, dann können wir sie in den nächsten Tagen mal besuchen! Sie wohnt in Frankfurt mit ein paar Freundinnen zusammen.« Biene denkt einen Augenblick nach. »Vielleicht nehmen wir Oskar mit. Hannchen und Oskar lieben sich ganz besonders.«

»Gute Idee!«, sage ich.

Mo guckt mich von der Seite an. »Können wir für heute Schluss machen?«, fragt sie. »Mein Magen meldet sich wieder, glaub ich!«

Wir verabreden uns mit den *Lions* für morgen Nachmittag, gehen noch kurz bei Pa in der Gärtnerei vorbei und dann machen Mo und ich uns auf den Heimweg.

Draußen nieselt es immer noch. Eine Weile gehen wir schweigend nebeneinanderher. Jede von uns ist in ihre eigenen Gedanken versunken.

Irgendwann räuspere ich mich und fange an, ihr die Sache mit Lili und Rudelius zu erzählen. Mo hört mir zu, sagt aber nichts.

»Ich bring das wieder in Ordnung!«, sage ich. Mo runzelt die Stirn. »Ich rede mit Rudelius!«, sage ich fest.

Mos Blick sagt mir ganz deutlich, dass sie das für keine gute Idee hält. »Der will ja offensichtlich nicht, dass irgendjemand davon weiß. Und dann kommst du an und er wird wissen, dass Lili nicht dichtgehalten hat.«

Verflixt! Sie hat recht! »Trotzdem!«, sage ich und habe eigentlich keine Ahnung, was das genau bedeuten soll.

»Kommst du noch auf einen Kamillentee mit zu mir?«, fragt Mo. Ich nicke.

Heiße Küsse
am Schwarzen Brett

Wir haben gestern noch lange in Mos Zimmer gehockt. Ich mit einer Wärmflasche auf dem Bauch und Mo mit einer Tasse Kamillentee in der Hand, den sie mit Todesverachtung in kleinen Schlucken getrunken hat. »Ich hasse Kamillentee!«, hat sie alle fünf Minuten gesagt. Dazwischen haben wir von Jonathan gesprochen. Ich habe ihr allerdings nicht gesagt, dass ich vorhabe, mit Jonathan zu reden. Erstens hab ich noch keine Ahnung, wie ich das anstellen soll, und zweitens hätte Mo sowieso nur protestiert. Stattdessen haben wir uns irgendwann eine DVD aus der Sammlung von Mos Mutter in den Rechner eingelegt. *Schlaflos in Seattle*! Der Film ist der absolute Lieblingsfilm von Frau von Bolkenhagen und genau das Richtige für einen Abend, an dem man eine Wärmflasche und Kräutertee braucht.

Der gestrige Tag ist also sehr friedlich zu Ende gegangen, dafür ist heute Morgen in der Schule der Teufel los. Zuerst haben wir Rudelius gesehen, der uns mit hochrotem Kopf und finsterer Miene entgegenkam, neben ihm lief mit verbissenem Gesicht der Direktor. Im Treppenhaus treffen wir auf Marie-Sophie und Jacqueline, die mal wieder Felicitas in der Mangel haben. Ihr hysterisches Gelächter tut uns in den Ohren weh. Mo stöhnt genervt und dann entdecken wir ganz hinten in dem Gang, der zum Physiksaal führt, Lili. Sie hockt auf einer Fensterbank und ist völlig in Tränen aufgelöst. Biene, Rob, Flori und noch ein anderes Mädchen aus dem Abi-Jahrgang stehen mit grimmigen Mienen um sie herum. Wir gehen auf die Gruppe zu. Der ganze Lili-Körper wird von Schluchzern geschüttelt. Rob guckt kurz hoch, als wir näher kommen, sagt aber nichts. Lili hält ein Blatt Papier in der Faust.

»Das hing heute Morgen am Schwarzen Brett!«, sagt Biene.

»Darf ich mal?«, fragt Mo und nimmt Lili das Blatt aus der Hand.

Geliebter Wolf Rudelius,

*ohne Deine heißen Küsse
kann ich nicht mehr leben.
Treffen wir uns nach der Schule?
Bei der Turnhalle?*

Voller Sehnsucht, Lili

So steht es in seltsam verschnörkelten Buchstaben da.

»Das ist doch nicht Lilis Schrift?«, frage ich.

»Natürlich nicht!«, sagt Rob empört.

Mo hält den Zettel mit spitzen Fingern. Er ist rosa und

am Rand sind silbern glitzernde Herzchen eingeprägt. Ich kapier das alles nicht. Denkt denn Rudelius, Lili würde tatsächlich solche geschmacklosen Zettel ans Schwarze Brett hängen? Solche Zettel verwendet in der Abi-Klasse doch niemand mehr. Selbst bei uns in der achten benutzen höchstens noch Zicken, wie zum Beispiel Marie-Sophie, so was. Und was hat der Direx damit zu tun? Und wieso regen sich alle so auf? Es ist ja nicht das erste Mal, dass irgendein Käse am Schwarzen Brett gehangen hat.

Alle reden durcheinander und so langsam fügt sich für mich ein Bild zusammen, das ich verstehen kann.

Es hat schon Ärger gegeben, bevor dieser Zettel aufgetaucht ist. Der Direx hat Rudelius vorgeworfen, dass er zu kumpelhaft mit den Schülern umgehe. Er hat ihn gewarnt, dass sich Schülerinnen gern in Lehrer wie Rudelius verlieben und so etwas immer mit vielen Unannehmlichkeiten verbunden ist. Er hat verlangt, dass Rudelius seriösere Klamotten anzieht und sich von den Schülern nicht duzen lässt. Die beiden hatten richtigen Zoff, weil Rudelius diese Forderungen rundheraus abgelehnt hat. Der Zettel hat dann das Fass zum Überlaufen gebracht. Der Direx hat Rudelius angebrüllt und Rudelius hat Lili angebrüllt. Nicht weil er glaubt, sie habe den Zettel aufgehängt, sondern weil er meint, dass Lili seine Situation nicht ernst nehme, und weil sie anscheinend etwas über ihr Verhältnis zueinander weitergetratscht habe.

»Tratschen?«, schnaubt Mo. »Ausgerechnet Lili! Das ist doch ein Witz!«

»Hab ich auch gesagt!«, murmelt Biene.

Mo streicht den Zettel glatt und will ihn Lili schon zurück-
geben, als mich etwas stutzig macht. Ich nehme Mo das
Papier aus der Hand.

»Schau mal!«, sage ich. »Soll das wirklich Lili heißen?«

Mo guckt, reißt die Augen auf, hält sich die Schrift dicht
vor die Nase, dann streckt sie den Arm aus und begutachtet
das Ganze noch mal aus der Ferne. Die Unterschrift sieht
auf den ersten Blick aus wie ein krakelig hingeworfenes Lili.
Aber beim genaueren Hinsehen, sieht man, dass das »L«
einen zweiten Querstrich hat, der ein bisschen über dem
senkrechten Strich schwebt. Und das erste »i« hat gar keinen i-Punkt.

»Feli!«, sagt Mo. »Das soll Feli heißen!«

»Jetzt sind sie dran!«, knurre ich und Mo nickt grimmig.
Wir haben nicht den geringsten Zweifel, dass Jacqueline
und Marie-Sophie hinter der Sache stecken.

»Aber erst müssen wir noch was anderes erledigen!«, sage
ich und zerre Mo am Arm hinter mir her. Mit Riesenschritten stürmen wir in den Trakt, wo die Lehrerzimmer sind.

»Maxi!«, ruft Mo empört, aber ich ziehe sie weiter. Aus den
Augenwinkeln nehme ich Jonathan wahr, der uns überrascht hinterherstarrt.

Vor der Tür des Lehrerzimmers lasse ich sie los. Mo funkelt
mich böse an.

»Ein paar Infos und ich würde dir auch freiwillig folgen!«,
sagt sie und reibt sich den Oberarm.

»Tut mir leid!«, flüstere ich und gelobe Besserung für das
nächste Mal.

Wir betreten das Lehrerzimmer. Ich war erst zwei- oder dreimal hier. Und auch heute frage ich mich wieder, wie es die Lehrer ein Leben lang hier drin aushalten können. Es riecht muffig nach altem Papier und trockener Heizungsluft. Die Bilder an den Wänden hängen garantiert schon da, seit die Schule gegründet wurde. Also locker dreißig, vierzig Jahre. Das Auffälligste ist ein riesiges Schild, das die lieben Kollegen bittet, nicht zu rauchen. Dabei herrscht sowieso schon seit ewigen Zeiten Rauchverbot an der ganzen Schule.

Die meisten Lehrer sind bereits in ihren Klassen. Nur die paar wenigen, die eine Freistunde haben, sind noch da.

Rudelius sitzt am Konferenztisch und blättert in einer Broschüre. Ich räuspere mich. Er guckt hoch, seufzt und verdreht die Augen. Anscheinend hat er von weiblichen Schülern für heute die Nase voll. »Herr Rudelius, wir müssen mit Ihnen reden!«, sage ich.

»Ach, dann wart ihr das wohl?«, fragt er und schnaubt verächtlich durch die Nase. Die Frage bringt mich aus dem Konzept. Ich gucke ihn reichlich belämmert an und weiß für einen Moment nicht mehr weiter.

»Waren wir nicht!«, sagt Mo laut und deutlich. »Wir wollten nur mit Ihnen sprechen!«

Ich fasse mich langsam wieder. »Über Lili!«, sage ich.

Rudelius guckt sich nervös um. Was Lili an so einem überhaupt findet?

»Wir können auch ins Kartenzimmer gehen!«, sagt Mo.

»Nein, nein!«, sagt er gedämpft, nachdem er sich vergewissert hat, dass kein Lehrerkollege in Hörweite ist.

Wir erzählen ihm alles, von Marie-Sophie und Jacqueline

(natürlich ohne Namen zu nennen), davon, dass die beiden vor nichts zurückschrecken, um Feli zu ärgern. Von dem festgebundenen Kleid und davon, dass wir auf dem Schulfest durchs Schlüsselloch geguckt haben.

»Ihr meint, Lili hat gar nichts erzählt?« Er räuspert sich und fügt leise hinzu: »Ich meine, von uns?« Was für ein Schnellmerker!

»Lili nicht und wir auch nicht!«, sagt Mo mit Nachdruck.

»Wo ist Lili denn jetzt?«, fragt er.

»Das letzte Mal, als wir sie gesehen haben, saß sie vorm Physiksaal und heulte. Ansonsten würde ich einen Blick auf den Stundenplan der Abi-Klasse empfehlen!«

Ich grinse ihn an und will schon gehen, als Mo sagt: »Sie müssten uns schnell noch eine Entschuldigung schreiben. Die erste Stunde ist fast rum und wir sind bis jetzt leider nicht in unserer Klasse aufgetaucht!«

Wow! Da hätte ich nie dran gedacht. Rudelius guckt uns ratlos an.

»Schreiben Sie, wir hätten was wegen der Aufbauten für das Max-und-Moritz-Singspiel zu besprechen gehabt!«

»Ääääh, ja! Klar!«, stammelt Rudelius und kramt in seiner Jackentasche nach einem Stift.

Ich knuffe Mo in die Seite. Ich wette, kein Mensch auf der Welt hat so eine coole Freundin.

SMS von Mister Cool

Mit der Coolness ist es allerdings schlagartig vorbei, als wir in der Pause Jonathan sehen, wie er mit Anke Vogt über den Schulhof schlendert. Die beiden haben sich offensichtlich was Witziges zu erzählen. Jedenfalls lachen sie so laut, dass man es meilenweit hören kann.

»Wir müssen dringend mal wieder in die Eisdiele!«, sagt Mo mit dünner Stimme. Ich betrachte den Himmel über uns, der grau und wolkenverhangen ist. Blöderweise ist die Eisdiele nur bei schönem Wetter ein angesagter Treffpunkt. Bei schlechtem Wetter kriegt man in unserem Kaff meistens niemanden zu Gesicht.

»Wir können es ja mal im JUZ versuchen!«, sage ich, dabei weiß ich genau, dass dort am Nachmittag meistens nur Leute wie Schlichi und seine Bande herumhängen. Oder ein paar Leute aus der Oberstufe, die sich dort zum Dartspielen treffen.

Von Englisch kriegen wir heute leider nicht viel mit. Wir überlegen uns die ganze Zeit, wie wir es schaffen, Jonathan mal wieder unauffällig über den Weg zu laufen. Und zwar ihm allein! (Das Gleiche gilt für Patrick, aber das gebe ich nicht zu.) Außerdem beobachten wir den Zickentisch und zermartern uns das Hirn, wie wir Marie-Sophie und Jacqueline ihre Dauerfiesheit endlich mal heimzahlen können.

Der Nachmittag ist ein voller Erfolg. Wenn bei unserem Auftritt auch nur annähernd so eine gute Stimmung ist wie bei unserem ersten Probenversuch, dann ist alles in bester Ordnung. Es sind alle gekommen, auch eine fast überirdisch strahlende Lili. Sie bedankt sich überschwänglich bei uns und ist kein bisschen sauer, dass ich einen Teil des ganzen Ärgers überhaupt erst verursacht habe. Rudelius hat mit ihr gesprochen und ist mit ihr eben im Café Kremer gewesen. In der Öffentlichkeit! Natürlich ohne zu knutschen, aber immerhin!

»Jetzt sind die *Roaring Lions* liebestechnisch bestens versorgt«, sagt Mo grinsend und holt ihr Instrument aus dem knallroten Geigenkoffer. »Als Nächstes sind wir zwei hoffentlich mal dran!«

»Und ich?«, fragt Flori hinter seinem Schlagzeug.

»Mensch, Flori, du hast doch schon zwei große Lieben, was willst du denn mit noch einer?«, ruft Rob.

»Hä?«, macht Flori.

»Na, dein Schlagzeug und deine Harley!«

»Jou!«, lacht Flori und lässt einen Trommelwirbel hören.

Wir kommen heute richtig weit. Biene ist als Arrangeurin ein echtes Talent. Das hatte ich bis dahin gar nicht so genau gewusst. In den drei Stunden, in denen wir hier zusammenhocken, kriegen wir zumindest die sieben Streiche in eine grobe Struktur, legen die musikalischen Schwerpunkte in den einzelnen Szenen fest und spielen das ein oder andere schon mal durch. Weil ich mein Klavier schlecht mit auf die Bühne nehmen kann, konzentriere ich mich voll auf den

Gesang. Im vierten Streich, in dem Max und Moritz die Pfeife des Lehrer Lämpel explodieren lassen, hat Mo ein furioses Geigensolo. Sie springt mit ihrer Geige im Probenraum herum, die Haare fliegen. Einfach klasse!

Wir sind gerade dabei, die Instrumente zusammenzupacken, als die Tür aufgeht und Oskar hereinkommt.

»Bruderherz! Da bist du ja endlich«, ruft Biene erfreut. »Ich hab ihm eben eine SMS geschickt, damit er uns mit ein paar Getränken versorgt.« Sie guckt Beifall heischend in die Runde. »Ich nehme an, euer Hals ist genauso trocken wie meiner?«

Wir hocken uns alle auf die olle, blaue Couchgarnitur, die früher bei uns zu Hause im Wohnzimmer stand und jetzt zusammengequetscht hinter Floris Schlagzeug aufgebaut ist. Oskar setzt sich neben mich und ich denke nur an Mo, als ich ihn frage, ob er weiß, was Jonathan nachmittags immer so macht.

»Jonathan!«, antwortet er mit unbewegtem Gesicht. »Jonathan hat dienstags Handballtraining!« Ich nicke. Das wissen wir schon. »Und sonst ist er oft in Langenbach. Auf dem Hügel bei der alten Baracke, wo die Modellbaufreaks ihre Flugzeuge starten lassen!« Oskar nimmt einen Schluck aus seiner Speziflasche und rückt fast unmerklich ein Stück von mir ab.

»Ich will nichts von Jonathan!«, sage ich hastig. »Ich frag nur wegen … wegen …«

Oskar grinst. »Und du meinst, das geht mich was an?«

»Eigentlich nicht!«, sage ich und grinse zurück.

Später, als ich mit Mo auf dem Heimweg bin, spüre ich den Vibrationsalarm meines Handys. Wer schickt mir denn jetzt eine SMS? Ein Blick aufs Display sagt mir: Patrick!

»Wer war's?«, fragt Mo.

Und ich weiß auch nicht genau, warum ich »Ach, bloß Werbung!« antworte.

Mo erzählt die ganze Zeit von den Proben und auf was wir noch achten müssen und welche Texte ihr inzwischen schon wieder eingefallen sind. Aber ich bin mit meinen Gedanken woanders.

Woher hat Patrick meine Handynummer? Bis zum Austauschen der Nummern sind wir nämlich noch nie gekommen. Das heißt, er hat seine nicht rausgerückt, also habe ich auch meine für mich behalten. Und jetzt eine SMS. Er will sich mit mir treffen. Dringend! So schreibt er. Und ich weiß genau, was ich tun sollte. Nämlich **nicht** hingehen!!! Oder mit Mo sprechen und mit ihr gemeinsam bei der alten Eiche auftauchen, um zu sehen, was *Mister Coolman* schon wieder ausgeheckt hat. Was erwarte ich denn? Dass ich da hinkomme und den Patrick treffe, der in meinen Träumen so wahnsinnig lieb war? So bescheuert kann ich doch gar nicht sein.

Oh, Mist! Für das weiche Gefühl, dass sich jetzt, ohne zu fragen, in meinem Magen breitmacht, hat der Kerl schon wieder Rache verdient. Und was für eine!

»Kannst du mir das mal sagen?«, höre ich Mo fragen. Shit! Ich habe keine Ahnung, wovon sie spricht. Aber zu meinem Glück scheint sie überhaupt keine Antwort zu erwarten. Sie spricht einfach weiter und dem, was sie sagt, entnehme ich, dass sie schon eine Weile über Jonathan redet. Und dass sie wissen will, warum wir ihm dauernd über den Weg gelaufen sind, als sie noch nichts von ihm wollte. Und nun ... Dann kommt sie auf Anke Vogt und ob ich nicht doch glaube, dass die zwei was zusammen haben.

»Auf keinen Fall!«, sage ich. Es klingt sehr überzeugend, finde ich.

Als Mo in ihre Reihenhaussiedlung abgebogen ist, ziehe ich das Handy aus der Tasche und tippe wie ferngesteuert eine SMS: »Alles klar, bis morgen dann!« Ich drücke auf *Senden* und zeige mir gleichzeitig selber einen Vogel. Dann kicke ich ein kaputtes Spielzeugauto vom Gehsteig ins Gebüsch und zucke die Achseln. Eine SMS sagt doch gar nichts! Ich muss da ja nicht hingehen!

Sir Galahad im Frack

Ma ist schon zu Hause, als ich heimkomme. Bereits im Hausflur duftet es lecker nach Auflauf. Ma sitzt am Küchentisch und hat eine Tasse Earl-Grey-Tee vor sich, im Hintergrund läuft ihre Lieblingsmusik. Irgendwas Klassisches. Mendelssohn Bartholdy, glaube ich. Sie guckt hoch, als ich reinkomme.

»Na, meine Zuckerschnecke!« Das sagt sie nur, wenn sie richtig gut drauf ist.

»Na, meine Salzkakerlake!«, sage ich, grinse und lege kurz meinen Arm um ihre Schulter.

Ma lächelt. »Biene hat angerufen. Du sollst unbedingt heute Abend noch zurückrufen.«

Biene ist ganz begeistert, dass ich so schnell zurückrufe. »Habt ihr morgen Zeit, du und Mo? Wir müssten am Nachmittag zu Oma Hannchen fahren. Ich hab mit ihr gesprochen. Sie freut sich, uns helfen zu können. Aber sie fährt nächste Woche mit ihrer Freundin nach Venedig. Also morgen?«

Ich sage zu und verspreche, Mo Bescheid zu geben. Als ich den Hörer auflege, atme ich erleichtert auf. Gerettet! Jetzt kann ich mit Sicherheit nicht zu dem Treffen mit Patrick gehen. Und tut mir das leid? **Nein, tut es nicht!!!!!**

Wir haben uns für halb drei am Bahnhof verabredet. Der Vorortzug fährt um Viertel vor. Jetzt ist es bereits zwanzig vor drei und ich stehe immer noch allein hier. Ein kalter Wind pfeift über den Bahnsteig. Ich schlage den Kragen meiner Jacke hoch. Um siebzehn vor kommt Biene angehetzt. Sie hat Oskar im Schlepptau. Außer Atem berichtet sie, dass Lili nicht mitkommen kann, weil sie sich mit ihrem Wolf trifft. Rob und Flori waren sich sowieso einig, dass sie das Aussuchen der Kostüme »erfahrenen Fachkräften« (ha, ha) überlassen wollen. Es ist Viertel vor und keine Mo in Sicht. Der Zug allerdings auch nicht. Um zehn vor laufen beide gleichzeitig ein. Der Zug mit kreischenden Bremsen und Mo mit hochrotem Kopf, nach Luft japsend. Wir steigen ein und überlassen es Biene und Oskar, ein paar Sitzplätze aufzutreiben. Denn Mo hält mich am Ärmel fest und erzählt atemlos, dass sie eben Jonathan getroffen hat. Er hat sie angesprochen und sie haben sich unterhalten. Über Modellflugzeuge. »Er ist so süß!«, quiekt Mo mehrmals hintereinander und ich sage nicht, dass das Wort »süß« für alle Ewigkeit unseren Oberzicken vorbehalten ist. Wie in Trance lässt sie sich von mir ins Abteil führen. Und erst als wir in Frankfurt aussteigen, schafft sie es, das entrückte Strahlen in ein normales Lächeln zu verwandeln.

Bienes Oma Hannchen wohnt im Frankfurter Nordend. Wir fahren mit der U-Bahn bis zum Merianplatz. Von da sind es noch fünf Minuten zu Fuß.

Ich weiß nicht, was ich erwartet habe, als Biene sagte, dass ihre Oma mit ein paar Freundinnen zusammenwohnt.

Aber ganz bestimmt nicht das. Schon von außen sieht das Haus sehr malerisch aus. Es ist ein Altbau mit Balkonen aus verschnörkeltem Schmiedeeisen. Vom Keller bis zum Dach ist es mit Weinlaub bewachsen und über der Haustür ist eine steinerne Maske zu sehen, die uns die Zunge rausstreckt. In dem geräumigen Hausflur stehen Fahrräder und Kinderwagen bunt durcheinander.

Biene und Oskar kennen sich aus, sie steigen uns voraus bis in den vierten Stock. Es dauert eine Weile, bis sich auf unser Klingeln hin in der Wohnung etwas rührt. Wir hören ein Kläffen und ein Lachen und dann wird die Tür aufgerissen.

»Ach, ihr seid's!«, sagt eine alte Dame mit kurzen roten Locken, einer dicken, modischen Brille und einer winzig kleinen, wuschlig braunen Promenadenmischung im Arm. Ich brauche einen Moment, um zu verstehen, dass es sich nicht um Oma Hannchen handelt, sondern um ihre Freundin Eleonore. Später erfahren wir, dass Eleonore früher Redakteurin bei einer Frauenzeitschrift war und jetzt unter falschem Namen schwülstige Liebesromane verfasst. Die Promenadenmischung heißt Romeo.

»Kommt rein!«, sagt Eleonore und tritt einen Schritt zurück, um uns durchzulassen. »Hanna ist in der Küche!«

Der lange Flur, von dem viele hohe Türen abgehen, ist vollgestellt mit allen möglichen Dingen. Mo stolpert als Erstes über eine altmodische Schaufensterpuppe, die Frack und Zylinder trägt. Herr Müller-Bergersdorf, so stellt Eleonore ihn vor und tätschelt, während sie ihn wieder aufrichtet, seine Kunststoffwange. Es gibt Bilder an den Wänden.

Zum Teil moderne Kunst, zum Teil alte Stiche, blecherne Reklametafeln, Bleistiftskizzen hinter Glas und eine Menge Postkarten mit witzigen Bildern oder Sprüchen. In einem Winkel steht ein altes Schaukelpferd, in einem anderen eine Musikbox. Wurlitzer, steht drauf. Nach diesen Eindrücken hätte es mir eigentlich klar sein müssen, dass Oma Hannchen keine Oma mit kurzer Dauerwelle und Kittelschürze ist. Trotzdem bin ich überrascht, als ich in die Küche komme und eine zierliche alte Dame mit raspelkurzen grauen Haaren vorfinde. Sie trägt Jeans, riesige Ohrgehänge und ein raffiniert geschnittenes Oberteil in Schwarz und Orange. Die Schuhe, das sehe ich gleich, sind genau von der Marke, auf die Mo und ich schon eine ganze Weile spinnen. Ohne Aussicht auf Erfolg, leider. Einfach obercool die Teile. Mo hat sie auch gesehen. Sie stupst mich in die Seite.

Oma Hannchen kommt auf uns zu.

»Schön, dass ihr da seid!«, sagt sie und dann umarmt sie erst mal Oskar. »Sir Galahad! Dich habe ich ja schon Ewigkeiten nicht gesehen. Was macht die Suche nach dem Heiligen Gral?« Sie grinst und knufft Oskar liebevoll in die Magengrube.

»Hannchen!«, sagt Oskar leise und vorwurfsvoll mit einem Seitenblick auf uns und wird ein kleines bisschen rot. Ich sehe es genau.

»Tschuldigung!«, lacht Oma Hannchen. »Das ist ein alter Witz. Als er klein war, hat Oskar immer Ritter gespielt. König Artus und seine Getreuen. Für ihn ist das Geschichte, aber ich kann es mir nicht abgewöhnen.«

Wir setzen uns um den Küchentisch, nachdem Oma

Hannchen auch uns herzlich begrüßt hat. Eleonore kocht eine Kanne Tee, Hannchen schneidet eine Obsttorte an.

»Ausnahmsweise selbst gebacken!«, verkündet sie stolz. Dann wendet sie sich Biene zu. »Was macht Big Joe?«, fragt sie. »Bist du immer noch mit diesem Weichei zusammen?«

»Nee!«, lacht Biene und zu uns sagt sie: »Sie hat ihn von Anfang an nicht gemocht, ich hätte ihr die Augen auskratzen können. Sie hat mich mit meinen Liebesqualen nie ernst genommen.«

Oskar schaufelt sich ein großes Stück Torte auf den Teller und erzählt die ganze Geschichte von Big Joes Ausflügen mit dem Cabriolet, vom Autokino und den Nacktschnecken. Dabei guckt er voller Stolz zu Mo und mir rüber, als hätte er uns selbst erfunden. Oma Hannchen lacht, bis sie keine Luft mehr kriegt, und auch Eleonore wischt sich Lachtränen aus den Augen.

»Schade, dass Grete nicht hier ist. Das würde ihr gefallen.«

Grete, so erfahren wir, ist die dritte Mitbewohnerin in dieser Wohngemeinschaft. Sie arbeitet als Kostümbildnerin beim Theater und ist die Einzige von den dreien, die noch nicht in Rente ist.

Mein Blick fällt auf die große Küchenuhr. Zehn nach vier. Wenn Patrick überhaupt so lange ausgehalten hat, hockt er bereits seit zehn Minuten unter der alten Eiche und wartet auf mich. Ich reibe mir die Hände und grinse. Dabei gucke ich rein zufällig in Oskars Richtung. Unsere Blicke treffen sich. Ich will wieder weggucken. Aber irgendwie funktioniert das nicht richtig. Soll er doch weggucken! Aber das tut er nicht!

»Was macht denn nun euer Singspiel?«, fragt er endlich und auf einmal kann ich mich wieder normal bewegen, ohne rot zu werden.

Oma Hannchen ist Feuer und Flamme. Um ihre Schätze zu begutachten, gehen wir in ihre eigenen Räume. Sie bewohnt ein großes Zimmer. Eigentlich sind es zwei Räume, die durch eine große Flügeltür voneinander getrennt sind. In dem hinteren Teil steht ein riesiges Himmelbett, das rundherum mit Bücherregalen umstellt ist. Auch auf dem Nachttisch stapeln sich Bücher. Ansonsten befindet sich in dem Raum bloß noch eine moderne Stereoanlage. Rob würde vor Neid erblassen, wenn er die sehen würde. Im vorderen Teil steht ein Schreibtisch mit Laptop, einige Schaufensterpuppen. Die Kumpel von Müller-Bergersdorf, schätze ich, ein rotes Plüschsofa und ein karierter Ohrensessel. Saugemütlich!
»Später ziehen wir auch in so eine WG!«, sage ich zu Mo.
»Was hast du denn gedacht?«, antwortet sie.
Ich frage mich bloß, wo sie die vielen Klamotten aufhebt. Im ersten Moment ist es mir zwar nicht aufgefallen, aber ich sehe nirgends einen Kleiderschrank. Oskar hat meinen ratlosen Blick wohl gesehen, jedenfalls packt er mich beim Arm und zieht mich sanft hinter die hohen Bücherregale. Die anderen folgen uns.
»Wow!«, sagt Mo. Hinter den Regalen befindet sich ein riesiger begehbarer Kleiderschrank. Ach was! Eigentlich ist das ein Zimmer für sich. Hier ist alles vollgestopft. Ich sehe Schneiderpuppen, Hutschachteln, riesige Truhen, fahrbare Kleiderständer, Kisten und Kasten, einen Paravent und

einen vergoldeten Spiegel, der vom Boden bis zur Decke reicht.

»Wow!«, sage auch ich und Biene strahlt. »Hab ich's nicht gesagt? Wenn wir hier nichts finden, wo dann?«

Ich weiß nicht, wie viele Stunden wir hinter den Bücherregalen zubringen. Hanna, so nennen Mo und ich Oma Hannchen inzwischen, zieht immer wieder neue Sachen hervor, gibt Tipps, hilft beim Anziehen, Schärpenbinden, Gürtelschnüren und Hüteaufsetzen. Am Anfang ist es mir ein bisschen peinlich, dass Oskar dabei ist. Normalerweise sind Jungs ja schnell genervt, wenn Mädchen zu viel mit Klamotten herummachen. Aber er hat anscheinend genauso viel Spaß wie wir. Er lässt sich in mittelalterliche Hemden stecken, probiert Zylinder, Hüte, einen Römerhelm und sogar einen Smoking. Zugegeben, es hat nicht alles mit den Kostümen für unseren Auftritt zu tun, aber es macht einen riesigen Spaß.

Hanna reicht mir ein rotes Seidenkleid. »Probier das mal!«, sagt sie. »Das müsste toll zu deinen dunklen Haaren passen.«

Als ich hinter dem Paravent stehe und das Kleid über den Kopf streife, habe ich schon das Gefühl, dass es mir wie angegossen passt. Der Stoff raschelt und fällt in einer fließenden Bewegung an meinem Körper herunter. Perfekt! Nur den Reißverschluss am Rücken kriege ich nicht zu. Ich trete vor, stelle mich vor den Spiegel und rufe: »Kann mir mal jemand helfen?«

Hanna und Mo sind gerade dabei, Biene in einem

Schlauch von einem Abendkleid zu verstauen, deshalb tritt Oskar hinter mich. Er trägt immer noch den Smoking. Der Reißverschluss klemmt. Oskar lacht und wird plötzlich ernst, als sich unsere Blicke im Spiegel treffen. Da stehen zwei Fremde. Ein Mann und eine Frau. Der Mann sieht elegant aus und ein bisschen verwegen. Die Frau erinnert mich an eine Figur aus einem Film. Es fällt mir gerade nicht ein welcher ... oder doch ...

»Du siehst aus wie Julia Roberts in *Pretty Woman*«, sagt er. Ich weiß nicht, worüber ich mich mehr wundere. Darüber, dass er diesen alten Schinken kennt, oder darüber, dass seine Stimme auf einmal ganz anders ist. Wir stehen da und rühren uns nicht. Als ob wir ein Bild betrachteten, das mit uns gar nichts zu tun hat. Ich schlucke!

»Mensch, Maxi!«, schreit Mo. »Das sieht ja affenscharf aus.« Sie packt mich um die Taille und wirbelt mich herum. Lachend zeigt sie auf Biene, die in ihrem Abendkleid zum Piepen aussieht. Biene zieht ein Clownsgesicht und wackelt mit nach außen gedrehten Füßen wie Charlie Chaplin durch den Raum. Dann stolpert sie über die Schleppe und kippt. Oskar fängt sie auf. Wir lachen alle und die Welt fühlt sich wieder normal an. Gott sei Dank!

Es ist schon ziemlich spät, als wir vier, bepackt mit Tüten und Taschen, wieder in den Zug nach Hause steigen. Wir sind satt und zufrieden. Hanna hat am frühen Abend noch Spaghetti gekocht, und Grete, die inzwischen heimgekommen war, hat mit unserer Hilfe eine Riesenschüssel Salat gemacht. Wir haben lange um den großen Küchentisch herumgesessen, erzählt und gelacht. Vor allem über die Geschichten, die Grete aus dem Theater mitgebracht hat, und über Eleonores Kommentare dazu.

»Puh!«, sagt Mo, lässt sich in den Sitz plumpsen, zieht ihre Schuhe aus und parkt ihre Füße neben mir auf dem gegenüberliegenden Sitz. »Ich bin so kaputt, als wär ich auf den Mount Everest gestiegen!«

Oskar grinst. »So ist das halt. Wer schön sein will, muss leiden!«

»Aus welcher Mottenkiste hast du denn den Spruch?«, frage ich und boxe ihn leicht in die Seite.

»Keine tätlichen Angriffe!«, sagt er. »Meine Bauch ist zu voll, um betatscht zu werden.«

»Betatscht!«, höhnt Biene. »Das hättest du wohl gern?« Sie guckt von ihrem Handy hoch. »Schon wieder drei SMS!«, sagt sie und schnaubt verächtlich durch die Nase.

»Big Joe!«, sagt Oskar erklärend und guckt mich dabei an. »Seit mein Schwesterherz mit Rob zusammen ist, will er sie mit aller Macht zurückhaben.«

»Typisch!«, sage ich.

In dem Moment kommen drei Mädchen durch den Gang, sie gehen schwatzend vorbei, ohne uns wahrzunehmen, und lassen sich genau hinter uns nieder. Es sind Leonie Schmiedinger, Anke Vogt und Bettie Held aus der 9a.

»Na, die sind ja gut drauf!«, sagt Oskar. Die drei kichern und giggeln und haben sich anscheinend eine Menge zu erzählen. Außer ein paar Satzfetzen ist von dem Ganzen nichts zu verstehen. Aber die Sätze, die Anke sagt, verstehen wir leider sehr genau.

»Er ist so süß! Die roten Haare! Die Sommersprossen! Und er küsst wie eine Granate!«

Die anderen beiden fangen wieder an zu kichern, aber was sie sagen, geht im allgemeinen Lärm unter.

Mo sitzt stocksteif. Sie ist weiß wie eine frisch gekalkte Wand. Ich nehme ihre Hand, flüstere: »Die meinen bestimmt jemand anderen!« Und ich merke selbst, dass es total unglaubwürdig klingt.

»Ist was?«, fragt Oskar.

Ich schüttle den Kopf und Mo starrt einfach stur geradeaus.

Biene tippt eine SMS an Rob, Mo ist nicht ansprechbar und Oskar guckt zum Fenster raus. Ich lehne mich zurück. Plötzlich ist es mir unangenehm, so neben ihm zu sitzen. Ich schiele zu ihm rüber. Er sitzt da und spielt mit der Kordel seines Kapuzenshirts. Auf der Oberlippe sind ein paar dunkelblonde Bartstoppeln zu sehen. Ob er sich regelmäßig rasiert? So von der Seite kann ich seine Wimpern sehen. Die sind lang und seidig. Das ist mir bis jetzt noch gar nicht aufgefallen. Patrick hat auch schöne Wimpern. Ob der tatsächlich heute Nachmittag auf mich gewartet hat? Mo sagt immer noch nichts. Ich tätschle ihre Füße, die noch neben mir auf der Bank liegen. Ich lächle sie an. Ihr Versuch zurückzulächeln misslingt kläglich.

»Super!« Biene unterbricht unser Schweigen mit einem Jubellaut. »Rob holt uns gleich vom Bahnhof ab. Vorm Tütenschleppen sind wir schon mal gerettet.«

»Na, das ist ja wenigstens was!«, sagt Oskar.

Von da ab können wir uns wieder unterhalten. Wir reden

über Oma Hannchens Wohngemeinschaft, die *Roaring Lions* und im Flüsterton (ist ja schließlich streng geheim) über unseren Auftritt. Auch Mo beteiligt sich. Ihre Sätze wirken zwar manchmal merkwürdig gequetscht und manchmal kann sie die Tränen kaum zurückhalten, aber sie redet mit und hier und da fällt sie in unser Lachen ein.

Beim Aussteigen hält Oskar mich kurz am Ärmel fest. »Was hat sie denn?«, fragt er mit einem Kopfnicken in Richtung Mo. Ich drehe mich zu ihm um und sehe ihm direkt in die Augen. »Liebeskummer!«, sage ich leise.

Er grinst. »Scheint zurzeit ziemlich ansteckend zu sein. Wie eine grassierende Seuche.«

Wir gucken uns immer noch an. Und komisch, plötzlich taucht eine ganz neue Frage in meinem Kopf auf. Hat Oskar eigentlich eine Freundin?

Volltreffer und Liebesschmerz

Rob ist ungeheuer gut gelaunt, als er uns alle in seinem Kangoo verstaut. Er küsst Biene übermütig auf den Mund, bis sie fast keine Luft mehr kriegt. Dann setzt er sich hinters Steuer und trällert einen Song, den er am Nachmittag mit Flori ausgeheckt hat. Auf einmal haut er mit der flachen Hand aufs Lenkrad und fängt an zu kichern. »Heute sind ein paar witzige Sachen passiert!«, ruft er und schüttelt lachend den Kopf. Mit einem Seitenblick zu Biene sagt er: »Big Joe hat mir Schläge angedroht …«

»Wahnsinnig witzig!«, seufzt Biene.

»… und unser Freund Patrick hat sich in Schwierigkeiten gebracht.«

Ich zucke zusammen.

»Der saß heute Nachmittag auf der Bank unter der alten Eiche. Ihr wisst schon, die alte Eiche in der Nähe vom Sportplatz. Würde mich nicht wundern, wenn er wieder mal auf irgendein Mädel gewartet hat. Aber die, mit der er anscheinend verabredet war, hat sich nicht blicken lassen. Stattdessen kam Frau Lenz. Ihr wisst schon, Frau Lenz, die Sparkassenleiterin. Also die kam mit ihrem Hund daherspaziert und hat sich neben Patrick auf die Bank gesetzt. Kaum hatte sie sich niedergelassen, da ist Patrick, wie von der Tarantel gestochen, aufgesprungen und hat geschrien:

›Nicht die! Nicht die!‹ Dabei hat er heftig mit den Armen gefuchtelt, aber es hat nichts genützt, denn in dem Moment kam aus dem Baum über ihnen eine Wasserbombe runtergestürzt. Genau auf dem Kopf von Frau Lenz ist die geplatzt und eine widerlich stinkende Brühe hat sich über ihren schicken Frühjahrsmantel und die hellen Wildlederpumps ergossen.« Rob kann sich vor Lachen gar nicht mehr einkriegen. Er wischt sich die Lachtränen aus den Augen.

»Oben im Baum saßen zwei kleine Kerle, die Patrick offensichtlich bestochen hatte, um irgendjemand anderem das Ding zu verpassen. Quasi aus Versehen, versteht ihr. Durch sein Geschrei hat Patrick sich natürlich verraten, der Depp.«

»Und woher weißt du das?«, fragt Biene.

»Von Alex. Frau Lenz ist sofort zu den Schmidts nach Hause und hat alles brühwarm erzählt. Oder, um genauer zu sein, gekreischt.«

»Für wen war die Brühe denn bestimmt?«, fragt Oskar.

Genau die Frage habe ich befürchtet. Dummerweise stehen wir gerade an einer Ampel. Rob dreht sich zu uns um und guckt vielsagend zwischen Mo und mir hin und her. »Keine Ahnung!«, sagt er in so einem blöden anzüglichen Tonfall. »Vielleicht haben die beiden hier eine Idee?«

Und jetzt erweist es sich als Segen, dass ich Mo bis jetzt nicht eingeweiht habe.

»Wir haben nichts damit zu tun!«, sagt sie im Brustton der Überzeugung.

Die Ampel schaltet auf Grün. Erleichtert lehne ich mich zurück und erlaube mir endlich, auch mitzulachen. Über Patricks »kleines Missgeschick«!

In der Nacht träume ich. Ich sitze mit Patrick auf der Bank. Er versucht, mich zu küssen, aber sein Gesicht verwandelt sich vor meinen Augen in eine Fratze mit blutunterlaufenen Augen. Ich renne weg, er hinter mir her. Als er mich einholt, ist er wieder ganz sanft und liebevoll. Seine Lippen berühren meine. Ich habe keine Angst mehr und schmiege mich in seine Arme. Er küsst mich, ich spüre seine Bartstoppeln auf meiner Oberlippe. Ich lasse die Augen geschlossen, habe Angst, dass er sich wieder in die grässliche Fratze verwandelt. Wir küssen und küssen uns, bis mir ganz schwindelig wird. Wenn ich jetzt wieder weglaufen müsste, gäben meine Knie einfach den Dienst auf. Ich kriege keine Luft mehr, muss blinzeln und sehe direkt in Patricks Augen. Jetzt sind sie nicht mehr blutunterlaufen, sondern gucken sanft und liebevoll und sind so blau wie der Himmel über uns.

So ein blöder Traum! Dabei war ich mir sicher, dass ich mir nie mehr Küsse von Patrick wünschen würde. Erst recht nach all dem, was ich gestern gehört habe! Ich wälze mich im Bett von einer Seite auf die andere. Heute ist auch noch Sonntag und kein Wecker holt mich in die Realität zurück. Ich setze mich auf, boxe das Kissen zurecht und lehne mich zurück. In Gedanken versuche ich unser Stück durchzugehen. Oh Mann! Wie sollen wir das alles schaffen in der kurzen Zeit? Für heute Vormittag hat Fliegel auch noch eine Extra-Probe angesetzt. Er ist noch gar nicht zufrieden mit unserer Leistung. Und am Nachmittag proben wir mit den *Roaring Lions*. Dienstag schreiben wir eine Mathearbeit. Weder Mo noch ich haben bis jetzt irgendwas dafür getan. Nicht das geringste Fitzelchen. Ich gucke auf die Uhr.

5.47 Uhr. Ich muss unbedingt noch ein bisschen schlafen, sonst stehe ich das alles überhaupt nicht durch. Und Mo? Die ist doch auch nicht fit. Mit ihrem Liebeskummer! So wie sie gestern aussah, hat sie garantiert heute Nacht kein Auge zugetan. Ich nehme mein Buch vom Nachttisch. Ein bisschen Lesen hilft vielleicht. Lesen hilft doch eigentlich immer.

Ich werde wach, weil mich jemand an der Schulter rüttelt.
»Schwesterherz!«, brüllt Rob mir ins Ohr. »Die Frühstückseier werden kalt. Und in einer Stunde erwartet dich der gute Fliegel!« Ich grunze und reibe mir die Augen. »Nun mach schon!«, sagt Rob. »Fliegel darf auf keinen Fall Verdacht schöpfen. Er soll nicht das Gefühl kriegen, sein Stück wird vernachlässigt. Also los!«
»Ja, ja!«, knurre ich, wälze mich aus dem Bett und marschiere erst mal schnurstracks unter die Dusche.

Ich hatte gedacht, Mo hängt durch und ich muss sie motivieren, damit sie nicht schlappmacht. Aber da hab ich mich getäuscht. Sie kommt in Fliegels Probenraum gestürmt und ist so energiegeladen, dass sie alle mitreißt. Und sie ist gut. Fliegel bekommt ganz feuchte Augen, weil sie wirklich jeden Ton trifft und nicht einen Texthänger hat. Auch am Nachmittag bei den *Lions* wächst sie über sich hinaus. Sie arbeitet wie ein Pferd, und auch als wir eine Pause machen und alle anderen erschöpft auf dem blauen Sofa liegen, spuckt Mo noch ein Menge neuer Textfetzen aus. Und selbst abends, als wir auf dem Heimweg sind, geht von ihr immer noch so eine Art metallisches Glitzern aus. Als hätte sie eine Rüstung an. Nur hab ich das Gefühl, dass ich den Namen Jonathan auf keinen Fall erwähnen darf. Ich fürchte, dann würde die tolle Rüstung sich schlagartig in Luft auflösen. Also halte ich die Klappe.

»Denk dran!«, sagt Mo und schiebt sich die Ärmel ihrer Jacke hoch. »Wir müssen was wegen Marie-Sophie und Jacqueline unternehmen. Noch diese Woche!«

Sie guckt mich herausfordernd an und ich sage nicht, was ich am liebsten sagen möchte, nämlich: Können wir es für heute nicht mal gut sein lassen? Stattdessen fange ich an, mit ihr Pläne zu schmieden. Die Racheagentur Maxi und Mo wird also wieder zuschlagen.

Mo kommt noch mit zu mir.

»Erst mal müssen wir aufschreiben, was die beiden Zicken inzwischen alles verbrochen haben!«, sagt sie.

Wir verkrümeln uns in mein Zimmer.

»Eigentlich sollten wir Mathe lernen!«, entgegne ich mit einem schiefen Grinsen.

»Tsss!«, zischt Mo, greift sich Stift und Papier und legt los:

Sündenregister der Oberzicken Marie-Sophie Schütte und Jacqueline Althaus:

1. Ununterbrochenes zickiges Getue!!!!!
2. Mobbing von Mitschülern in mehreren Fällen, z.B.: Sie machen dauernd Feli, Nanette und ein paar andere wegen ihrer Figur und ihren Klamotten fertig. Hauptsächlich aber Feli, die zu schüchtern ist, um sich zu wehren.

3. Weitertratschen von intimen Informationen, z. B. Outing von Mitschülern (es geht doch echt keinen was an, dass Feli sich in Rudelius verknallt hat).
4. Aufhängen von megapeinlichen Zetteln am Schwarzen Brett.

Mo überlegt, ob wir alles haben. Sie kaut auf dem Stift herum und da mache ich einen Fehler, indem ich sage:

»Andauerndes Gequatsche mit Jonathan Fritz.«

Mo guckt mich an. Verflixt! Ich wollte den Namen doch nicht erwähnen. Aber es ist zu spät. Mo schluckt, schnieft, schluckt noch einmal. Eine Träne rollt aus ihrem rechten Augenwinkel und dann kann sie sich nicht mehr halten. Sie kippt einfach nach hinten auf mein Bett und bricht in einen Weinkrampf aus. »Scheiße!«, quiekt sie. »Ich wollte doch nicht heulen!«

»Zu spät!«, sage ich und lege ihr den Arm um die Schulter.

Mo heult und heult. »Ich kann nicht mehr aufhören!«, krächzt sie und haut mit der Faust auf die Matratze. Vorsichtig stehe ich auf, um eine Packung Taschentücher zu holen. »Danke!«, wimmert sie und schüttelt eins der Tücher aus, um sich zu schnäuzen.

»Klingt wie Dumbo, der Elefant!« Ich lächle sie an.

»Scheiße!«, sagt Mo noch einmal. Von der ganzen Heulerei ist ihre Stimme fast ganz weg, dafür hat sie mal wieder einen Schluckauf. Sie nimmt ein zweites Taschentuch aus der Packung und versucht ein schiefes Lächeln. »Im Kino sehen Frauen im Liebesschmerz immer besonders toll aus!«, sagt sie und fährt sich mit der Hand über das verheulte Gesicht. »Da muss ich wohl noch ein bisschen üben!«

»Das kannst du laut sagen!«, grinse ich sie an und habe auf einmal ein wahnsinnig zärtliches Gefühl für meine Freundin. »Ich finde, du bist wahnsinnig tapfer!«

»Verarschen kann ich mich allein!« Mo grinst zurück und wirft mir das verrotzte Taschentuch zu.

Wenn Frau von Bolkenhagen nicht irgendwann angerufen hätte, um zu fragen, wo ihre Tochter steckt, hätten wir wahrscheinlich die ganze Nacht in meinem Zimmer gehockt und geredet. Über Jonathan, über Anke Vogt, über Patrick, die Oberzicken, unser Stück und immer wieder über Jonathan. Mannomann! Ich glaube, Mo ist nicht bloß verknallt. Das ist eine ganz große Liebe. Scheiße, echt! Ich könnte Anke Vogt den Hals umdrehen.

Sonnenbrand und Starallüren

A m nächsten Morgen kann man noch deutlich sehen, dass Mo gestern geheult hat. Die Haut um ihre Augen ist leicht geschwollen, ich entdecke dunkle Augenringe und die Nasenspitze ist immer noch ein bisschen rot. Sie trägt einen schwarzen Rollkragenpullover, obwohl es draußen kein bisschen kalt ist. Darin kann sie ihr Gesicht bei Bedarf fast ganz verschwinden lassen. Ich fühle ihre Empfindlichkeit, als hätte ich selber die Nacht durchgeflennt. Aber ich sehe auch, dass diese finstere Entschlossenheit wieder da ist.

Vor der Schule steht Lilis kleine Schwester Patricia und quatscht uns an. Sie hätte fast alles zusammen, spätestens morgen könnten wir dann loslegen. Oh Mann! Das hab ich total vergessen. Patricia erwartet ja auch noch eine Aktion von uns.

Mo reagiert ganz cool. »Wir haben im Moment noch einen anderen Auftrag am Laufen. Dann bist du dran!«, sagt sie und hört sich dabei an wie die Chefin eines Großkonzerns.

»Verflixt!«, meint sie dann aber, als Patricia sich getrollt hat. »Daran hab ich überhaupt nicht mehr gedacht.«

»Willkommen im Club!«, sage ich und schiebe meine Hand unter ihren Arm.

Am Ende der Pausenhalle sehen wir Jonathan stehen.

Mo schluckt. Ich drücke ganz leicht ihren Arm und spüre, wie sie sich strafft. Anke Vogt ist nirgends zu entdecken. Ihr Glück! Ich wette, unsere Blicke können heute töten.

Im Klassenzimmer ist mal wieder Aufruhr. Auf Felis Tisch hat eine Bildzeitung mit einem riesigen Aufmacher gelegen.

»Deutschlands beste Kliniken zum Fettabsaugen«

Feli hatte keine Chance mehr, das Ding verschwinden zu lassen, bevor unsere Jungs es entdeckt haben. Johlend rennen sie damit durch die Klasse und lesen laut Textpassagen aus dem Artikel vor.

»Ist das eklig!«, sagt Mo.

»Allerdings!«, brumme ich und weiß nicht, was ich ekliger finde: diesen Text über die Kanülen, die sich manche Leute unter die Haut rammen lassen, um die Fettzellen aus ihren Oberschenkeln und Bäuchen zu holen – oder unsere Jungs, die sich aufführen wie eine Horde Affen. Oder die Biester am Zickentisch, die dieses blöde Blatt auf Felis Tisch gelegt haben.

Wenn ich gestern noch Skrupel hatte, unseren Racheplan umzusetzen, dann sind die jetzt auf jeden Fall weg. Auch weil es heute das erste Mal ist, dass Feli die Fassung verliert. Sie schnappt sich ihre Tasche und rennt weinend aus der Klasse.

In den nächsten Tagen haben wir alle Hände voll zu tun, und wenn Mo mich nicht dauernd antreiben würde, hätte ich vielleicht längst das Handtuch geworfen. Wir proben bei Fliegel, wir proben mit den *Roaring Lions* und wir schreiben Schularbeiten en masse. Wenn ich allein an die in Mathe am Dienstag denke, wird mir schlecht. Und wir führen die MSJ-Aktion durch. MSJ steht für Marie-Sophie-Jacqueline. Für den ersten Teil der Aktion haben wir Rob eingespannt, der uns am Computer den Briefkopf einer Filmfirma entworfen hat.

Sunshine Enterprises
Filmproduktion
Rüdesheimer Straße 12
60831 Wiesbaden

Rob denkt zwar, es handle sich um ein Projekt für die Schule, aber das ist ja egal. Wir haben es mit Robs Farbdrucker ausgedruckt. Sieht voll professionell aus. Dann haben wir bei Mo zu Hause einen Brief getippt, ihn auf dieses Briefpapier gedruckt, an Marie-Sophie adressiert und abgeschickt.

Sehr geehrte Frau Schütte,
wir sind eine erfolgreiche Filmproduktionsfirma und suchen
für unsere Vorabendserien immer wieder neue, unverbrauchte
Gesichter.
Sie und Ihre Freundin Jacqueline Althaus sind uns vor einigen
Tagen positiv aufgefallen. Die Mitarbeiter unserer Casting-
Abteilung entdeckten Sie bei einem Besuch des Lokals *Gelato
da Luigi* in Ihrem Heimatort.
Da es nicht unsere Art ist, junge Mädchen auf der Straße anzusprechen, wenden wir uns heute auf diesem Wege an Sie.

Es wäre nett, wenn Sie es einrichten könnten, dass wir zunächst einmal telefonisch mit Ihnen in Kontakt treten. Dabei können wir, ohne von Ihrem Aussehen abgelenkt zu werden, die Qualität Ihrer Stimmen prüfen.

Wir schlagen deshalb vor, dass sich Frau Jacqueline Althaus und Sie, Frau Schütte, am Mittwoch um 15.00 Uhr gemeinsam an Ihrem Telefonanschluss bereithalten. Wir würden Sie dann anrufen.

Falls Ihnen dieser Termin nicht zusagt, bitten wir Sie, uns schriftlich Bescheid zu geben.

Allerdings müssen wir Sie darauf hinweisen, dass unsere Casting-Abteilung zurzeit sehr überlastet ist und ein neuer Termin erst in einigen Monaten eingeschoben werden kann.

Dürfen wir mit Ihnen rechnen?

Mit freundlichen Grüßen und herzlichem Dank im Voraus

Ihr

N. Amal

P. S. Wir wären Ihnen sehr verbunden, diese Sache vorerst nicht in Ihrem Bekanntenkreis weiterzuerzählen. Wir suchen uns unsere Probandinnen selbst aus und sind nicht daran interessiert, von anderen Teenagern kontaktiert zu werden. Darüber hinaus unterliegt die Produktion einer neuen Serie immer größter Geheimhaltung. Das werden Sie sicher verstehen. Vielen Dank für Ihr Verständnis.

»Ist das nicht zu dick aufgetragen?«, frage ich, als Mo den Brief noch einmal vorliest.

»Quatsch!«, sagt Mo. »Die beiden sind dermaßen heiß auf so eine Gelegenheit, die würden sogar dem Teufel aus der Hand fressen, um ins Fernsehen zu kommen.«

Bis zum nächsten Mittwoch sind es noch etliche Tage hin und es macht einen Höllenspaß, die beiden in der Schule zu beobachten. Als Erstes kommen Marie-Sophie und Jacqueline mit neuen Frisuren an. Marie-Sophie scheint sich jeden Abend die Haare zu kleinen Zöpfchen zu flechten. Wie sonst entsteht dieses krusselige Zeug auf ihrem Kopf, das sie selbst wohl für Engelshaar hält? Jacqueline hat sich die Haare gefärbt. Es sollte wahrscheinlich so ein warmer Honigton werden. Es ist aber ein grelles Kreischrot dabei herausgekommen. Diese Farbe lässt Jacquelines blasses Gesicht leicht grünlich wirken.

»Wie 'ne Wasserleiche!«, sage ich.

»Pass auf!«, sagt Mo. »Als Nächstes gehen sie ins Sonnenstudio!«

Und tatsächlich: Am nächsten Morgen sieht man deutliche Anzeichen von Sonnenbrand auf Jacquelines Nase.

Im Unterricht sind die beiden überhaupt nicht mehr ansprechbar. Sie flüstern und kichern in einer Tour. Müller-Lingscheid und Mathe-Schleicher verteilen seufzend eine schlechte Note nach der anderen. Aber unsere beiden Oberzicken scheint das überhaupt nicht zu berühren.

»Klar!«, sage ich zu Mo. »Was will ein Filmstar auch mit guten Noten?«

Mo kichert. Und – schwupp – haben wir selbst einen Verweis an der Backe. Und das bloß, weil die beiden Zicken die Nerven unserer Lehrer bis zum Anschlag strapazieren. Total ungerecht!

Mittags steht Patricia vor der Schule und fragt, wann sie nun endlich an der Reihe sei. Sie gibt uns einen Zettel mit den Informationen, die wir von ihr haben wollten, und dann fängt sie an, die ganze Geschichte von ihrem Freund und dieser Valerie noch mal zu erzählen. Ich glaube, Mo hört nur deshalb ganz gespannt zu, weil Jonathan gerade vorbeigeht. Sie guckt nicht zu ihm hin. Eisern! Aber Jonathan guckt. Ich nicke ihm zu. »Hei!«, sagt er und ich antworte: »Hei!« Mo wendet ihren Blick nicht von Patricia ab. Einen kurzen Moment zögert Jonathan, dann schiebt er die Hände in die Taschen und geht weiter.

Patricia ist völlig angestachelt von Mos ungeteilter Aufmerksamkeit. Sie quasselt und quasselt.

»Puh!«, sagt Mo, als Patricia endlich mit einem Pulk Freundinnen abzieht.

»Und heute Nachmittag ist schon wieder zweimal Probe!«, stöhne ich. »Ich pack's bald nicht mehr!«

»Nichts da!« Mo hakt sich bei mir unter. »Wir halten durch. Ist doch für einen guten Zweck!«

Wenigstens ist Fliegel endlich mit uns zufrieden. So einigermaßen wenigstens. Völlig recht machen kann man es ihm sowieso nicht, glaub ich. Auf jeden Fall klappt der Durchgang heute, ohne dass jemand einen Hänger hat.

Nur Frau Sondermann ist ein wenig schwach auf der Brust. Fliegel fleht sie an, sich bis zur Aufführung zu schonen. »Sie dürfen sich jetzt auf keinen Fall noch verkühlen!«, sagt er alle fünf Minuten zu ihr. Und dann betet er alle Hausrezepte herunter, die es gegen Husten und Heiserkeit gibt. Einschließlich Brustwickel mit Gänseschmalz, Tee aus Zwiebelschalen, Gurgeln mit Salzwasser und Honig mit schwarzem Rettich. Außerdem reißt er seiner Frau das seidene Halstuch ab und wickelt es um den Hals von Frau Sondermann. Es sieht so aus, als sei Frau Fliegel nicht besonders begeistert darüber. Jedenfalls fallen die Sätze, die sie an ihren Mann richtet, nach dieser Aktion äußerst knapp aus.

Der lange Lars, der nicht nur den Lehrer Lämpel spielt, sondern auch noch die Rolle des Schneidermeisters Böck übernommen hat, lässt Fliegel dafür in helles Entzücken ausbrechen. Lars singt aber auch wirklich super.

»Wie ein junger Gott!«, witzelt Mo.

»Ein Bariton, auf den die Welt gewartet hat!«, ruft Fliegel und rauft sich beglückt seinen silbernen Haarkranz.

Lars zwinkert uns zu. Er will später zum ersten Mal mit uns zu den *Roaring Lions* gehen. Anscheinend ist er ganz begeistert von unserer Idee.

Vom Chor sind immerhin zehn Kinder eingeweiht. Biene hat schon ein Mal mit ihnen geprobt und erzählt, dass es ganz gut geklappt hat. Dem dicken Flado aus der elf, der im sechsten Streich den Bäcker spielt, haben wir nichts gesagt. Das wäre auch zu riskant. Er ist durch und durch ein Fliegel-Jünger. Genauso wie Frau Sondermann. Dann gibt es noch

Frau Fliegel als Frau Schneidermeister Böck. Den Onkel Fritz im fünften Streich und den Bauer Mecke spielt Fliegel persönlich.

Erst als wir den fünften Streich noch mal ganz durchspielen wollen, kommt es fast zur Katastrophe. Der Kinderchor soll das Gesumm der Maikäfer anstimmen. In Fliegels Version klingt es ein bisschen wie »Summ, summ, summ, Bienchen summ herum«! Todlangweilig!

Biene hatte schon erzählt, dass den Kids unsere wilde Fassung viel besser gefallen hat. Als Fliegel jetzt den Taktstock hebt und das erste »Summ« ertönt, verfallen ein paar von den Kindern automatisch in unsere Melodie.

Mo packt entsetzt meinen Ellenbogen und ich halte den Atem an.

Aber wahrscheinlich weil wir heute so gut waren, lächelt Fliegel nur milde, klopft mit dem Taktstock aufs Pult und sagt: »Vielleicht sollten wir bis zur Aufführung auch die MP3-Player verbieten! Also noch einmal von vorn.« Er schließt die Augen, hebt die Arme und sagt seinen Lieblingssatz: »Hier spielt die Musik!«

Tattoos und Zickenterror

Heute ist Mittwoch und die beiden Zicken haben bis jetzt tatsächlich dichtgehalten. Es ist ihnen zwar sichtbar schwergefallen, aber gesagt haben sie nichts. Außer so blödsinnigen Anspielungen wie:

»Haach! Schule ist so was von überflüssig.« (Jacqueline)

»Braucht man ja auch nicht mehr, wenn was Besseres daherkommt!« (Marie-Sophie, ihr Engelshaar schüttelnd)

»Genau!« (Jacqueline, hysterisch kichernd)

Dazu haben sie so einen eigenartig staksigen Gang entwickelt. Den haben sie sich wahrscheinlich in irgendeiner Show abgeguckt. »Wer wird Deutschlands nächste Superzicke?« oder so.

»Uhrenvergleich!«, sagt Mo am Nachmittag. Wir sitzen in ihrem Zimmer auf der Couch und haben die Nummernkennung in Bolkenhagens Telefon abgeschaltet.

»14 Uhr 59!«, sage ich.

»Puh!« Mo räuspert sich noch einmal und wählt dann die Nummer von Marie-Sophie.

Wir haben vorher natürlich ein paar Tests gemacht. Mo ist zwar Weltmeisterin darin, ihre Stimme zu verstellen, aber wir wollten auf Nummer sicher gehen. Nachdem wir sogar Mos Mutter täuschen konnten, waren wir beruhigt.

Das Einzige, vor dem wir jetzt noch Schiss haben, ist, dass wir während des Gesprächs einen Lachkrampf kriegen.

»Schütte!«, hören wir die Quäkstimme von Marie-Sophie und ich kann mich schon jetzt kaum noch halten. Mo wirft mir einen warnenden Blick zu. Sie macht ihre Sache wirklich gut, während ich danebenhocke und mir in die Handballen beiße, um nicht loszuprusten.

Mo erklärt den beiden, dass die Filmproduktion *Sunshine Enterprises* ein paar Mädchen für eine Vorabendserie suche. In der Geschichte gehe es um echten Zickenterror, ob die beiden Damen wüssten, was darunter zu verstehen sei.

»Klar!«, quietschen Marie-Sophie und Jacqueline wie aus einem Mund.

»Gut!«, sagt Mo und kritzelt hörbar auf einem Blatt Papier, so als ob sie sich Notizen machen würde. Sie lockt die beiden nach und nach total aus der Reserve. »Verstehen Sie, meine Damen. Es ist uns nicht daran gelegen, mit ein paar Zimperliesen zu drehen, die ihre Mitschüler immer nur mit Samthandschuhen behandeln.«

Die Bissspuren in meinem Handballen werden immer tiefer.

»Wir brauchen Leute mit eigenen Ideen!«, sagt Mo streng und schafft es tatsächlich, dass Marie-Sophie und Jacqueline sich fast überschlagen.

Stolz beginnen sie zu erzählen, was sie ihren Mitschülerinnen, vor allem einer speziellen, nämlich Feli, so alles angetan haben. Dabei kichern und quietschen sie in einer Tour.

Mo muss immer wieder dazwischenfahren. »Bitte, bitte, meine Damen. Eins nach dem anderen!« Und mit Einwürfen wie »Ah, sehr originell!« oder »Da muss man erst mal draufkommen!« stachelt sie die beiden immer mehr an.

Zum Schluss fragt Mo dann nach solchen Sachen wie BH-Körbchengröße, Diätgewohnheiten, Gewicht, Haarfarbe und bevorzugte Unterwäschenmarke. Wie aus der Pistole geschossen beantworten Marie-Sophie und Jacqueline Mos Fragen:

Cellulite, ja oder nein?

Bevorzugen Sie Stringtangas?

In welchem Alter wurden Sie das erste Mal geküsst?

Von wem?

Ab welchem Alter sollte ein Mädchen Geschlechtsverkehr haben?

Und ein Junge?

Haben Sie irgendwelche körperlichen Auffälligkeiten?

Muttermale? Narben? Tattoos?

Würden Sie Nacktszenen drehen?

Tragen Sie Piercings?

Intimschmuck?

Wenn Mo nicht bald aufhört, platze ich. Ich mache ihr Zeichen. Sie nickt nur ganz souverän und sagt: »Frau Schütte, Frau Althaus! Ich bedanke mich sehr herzlich für Ihre Angaben. Sie werden von uns hören. Rufen Sie uns nicht an, wir rufen Sie an.«

Zum Schluss bittet sie noch um die Erlaubnis, dieses Gespräch einem Sachverständigengremium vorspielen zu dürfen.

»Klar! Kein Problem!«, quieken die beiden unisono.

Mo drückt auf den roten Knopf des Telefons. Endlich! Ich will schon losprusten, aber Mo hält mir den Mund zu und schaltet erst das Diktiergerät aus, mit dem wir das Gespräch mitgeschnitten haben. Dann bricht sie lachend zusammen. Ein Wunder, dass sie so lange durchgehalten hat.

»Die haben echt auf **alles** geantwortet!«, quietsche ich.

»Ein fliehendes Pferd auf der rechten Pobacke!«, heult Mo. »Und ein Schmettaaling neben der Brustwarze!«

»Intiiimschmuck?«, imitiere ich das gezierte Gepiepse von Jacqueline. »Ja natüürlich! Bei der passenden Gelegenheit!«

Mo trampelt vor Lachen mit beiden Füßen auf den Boden. »Jede Wette! Die weiß doch überhaupt nicht, was das ist.«

»Soll ich den Arzt rufen?«, fragt Frau von Bolkenhagen, die genau in dem Moment den Kopf zur Tür hereinsteckt.

»Ja!«, brülle ich. »Bei der passenden Gelegenheit!«

»Hör auf!«, japst Mo. »Ich kann nicht mehr!«

Frau von Bolkenhagen schüttelt den Kopf und zieht die Tür wieder zu. Langsam werden wir ruhiger. Mo wischt sich die Augen.

»So und jetzt zur Probe!«, sagt sie. »Die Pflicht ruft!«

Wir proben heute mit den *Lions*. Lars ist auch dabei. Inzwischen haben sich die Wogen wieder geglättet. Ich glaube, am Anfang hatte Rob erst mal Schiss, dass Lars ihm die Schau stehlen könnte, weil er so ein wahnsinnig guter Sänger ist. Zwei Leadsänger können die *Roaring Lions* ja auch echt nicht gebrauchen. Aber Lars hat Rob ziemlich schnell klargemacht, dass er mit Rockmusik nicht so viel am Hut hat. Lars steht mehr auf alte Musik und möchte nach dem

Abitur nach England gehen, um dort eine Ausbildung als Kammersänger zu machen.

Das hat Lili ziemlich beeindruckt. Am ersten Abend hat sie ihn pausenlos mit Fragen gelöchert.

Als Mo das mitgekriegt hat, hat sie auf so eine katzenhafte Art gegrinst und mir zugeflüstert:»Ich fürchte, Wolf Rudelius muss sich warm anziehen!«

Ich denke, da könnte sie recht haben.

Auf jeden Fall ist Lars echt nett und er hat auch eine Menge Humor, sonst würde er ja nicht bei unserer Sache mitmachen.

»Ich liebe klassische Musik!«, hat er gesagt. »Aber ich habe entschieden was gegen Langeweile!«

Als sich dann noch herausstellte, dass Lars manche Passagen gar nicht mitsingen kann, weil das Rockgeröhre sein empfindliches Instrument, also seine Stimme, zu sehr belasten würde, hat Rob ihn endgültig ins Herz geschlossen.

Wen ich schon eine Weile nicht mehr gesehen habe, ist Oskar. Nur ein Mal, seit wir in Frankfurt bei Hanna waren, ist er noch zu einer unserer Proben gekommen. Ausgerechnet an dem Tag, an dem Lili ausgefallen ist. Fast mühelos hat er ihren Part übernommen und zum Schluss hat er einfach noch so für uns ein paar Stücke auf dem Saxofon gespielt. Eins habe ich sogar auf Bienes Keyboard begleitet. Mein Lieblingsstück. So eine alte Bluesballade. Hat Spaß gemacht. Ich könnte Biene mal fragen, was er so treibt. Aber als wir nach der Probe noch zusammensitzen, erzählt sie ganz von selbst, dass ihr armer Bruder zurzeit den totalen Schulstress hat.

»Hat Oskar eigentlich eine Freundin?« Die Frage kommt von Rob. Seltsam! Wieso interessiert es meinen Bruder, ob Oskar eine Freundin hat? Biene zuckt die Achseln.

»Da war mal was mit einer Julia, aber die hab ich schon länger nicht gesehen. Keine Ahnung, ob da noch was läuft!«

Julia! Julia! Was für eine Julia? Und wieso guckt Mo mich jetzt so komisch lauernd an? Was hab denn ich damit zu tun? Echt!

Durchsage für Blitzmerker

Die Sache ist komplizierter, als wir dachten. Ich war ja früher öfter dabei, als Rob, Flori und Alex ihre Science-Fiction-Hörspiele gemacht haben, und hab ziemlich genau mitgekriegt, wie das technisch alles funktioniert, aber so einfach ist es dann doch nicht. Es fing schon damit an, das mitgeschnittene Telefongespräch auf dem PC zu speichern und dann noch andere Beiträge dazuzumixen. Mo und ich haben einen ganzen Nachmittag damit zugebracht und zum Schluss haben wir doch Rob und Flori um Hilfe gebeten.

»Ein Projekt für die Schule, ja?«, hat Rob gesagt und sich an die Stirn getippt. »Das könnt ihr dem heiligen Nikolaus erzählen!«

Ich hab mich bei ihm untergehakt und gesagt: »Nö! Das erzählen wir dann vielleicht lieber dem heiligen Robert und dem heiligen Florian! Die können uns da eindeutig besser helfen!«

»Vor allem brauchen wir noch einen heiligen Schwur, dass ihr eure Klappe haltet!«, hat Mo gesagt. Sie hat einfach eine sehr praktische Ader. Das muss man ihr lassen.

Jetzt haben wir es jedenfalls geschafft und Flori hat sogar noch genau erklärt, wie wir den MP3-Player, auf den wir zum Schluss alles überspielt haben, an den Lautsprecher in unserem Klassenzimmer anklemmen können. Gestern nach der letzten Stunde sind Mo und ich noch dageblieben und haben das erledigt. Der Player hängt gut versteckt hinter der Tafel.

»Jetzt darf natürlich keine Bombendrohung kommen«, hat Mo gesagt. »Davon würden wir leider nichts mitkriegen!«

»Von Hitzefrei auch nicht!«, hab ich gesagt und unser Werk noch mal genau begutachtet.

Wir haben uns die Fünfminutenpause vor der Biologiestunde ausgesucht. Die Müller-Lingscheid hat die Klasse gerade verlassen, da pirsche ich mich an unseren Player heran und betätige den Schalter. Ich gehe an meinen Platz zurück und da knackst es auch schon im Lautsprecher.

»Liebe Schülerinnen und Schüler, wir bitten um Aufmerksamkeit für eine wichtige Mitteilung …«

Es ist die Stimme von Mos Vater, die da zu hören ist, wir haben ihn am Wochenende gebeten, diesen Text für unser »Schulprojekt« ins Diktiergerät zu sprechen.

»… In letzter Zeit häufen sich die Warnungen vor angeblichen Filmproduktionsfirmen, die sich an nichts ahnende Schüler heranmachen, um sie zunächst in Telefongesprächen auszuhorchen …«

Das Rumoren in der Klasse hat aufgehört und alle hören aufmerksam zu, was für grässliche Sachen die so genannte Filmfirma mit gutgläubigen Jugendlichen anstellt. Mo zwickt mich unterm Tisch ins Bein. Ich nicke ihr zu. Läuft wie am Schnürchen.

»Euch allen zur Warnung haben wir ein solches Telefongespräch einmal mitgeschnitten!«, sagt die Stimme von Herrn von Bolkenhagen und dann tönt unsere Unterhaltung mit Marie-Sophie und Jacqueline aus dem Lautsprecher. Die beiden sitzen auf ihrem Platz und werden kreideweiß.

»Das sind doch ...!«, schreit jemand.

»Schscht!«, zischt der Rest der Klasse. Alle Augen sind jetzt auf den Zickentisch gerichtet. Mo und ich hatten befürchtet, dass die beiden sofort anfangen zu kreischen, aber sie sind wie erstarrt.

Auch Feli ist völlig fassungslos. Immerhin geht es bei dem Gespräch da oben hauptsächlich um das, was ihr angetan wurde.

Erst als die Fragen nach den intimen Details anfangen, bricht der Sturm los. Die Informationen über die sexuellen Gewohnheiten und die Tattoos auf der Pobacke gehen im hysterischen Gekreisch von Marie-Sophie und Jacqueline unter. Schade eigentlich!

Frau Gudert, die Biolehrerin, hat inzwischen fast unbemerkt die Klasse betreten. Jacqueline ist hochrot angelaufen und will sich sofort beim Direktor beschweren.

»Datenschutz, Datenschutz!«, quäkt Marie-Sophie in einer Tonlage, die einem fast das Trommelfell zerreißt. Anscheinend hat sie vergessen, dass sie selbst die Erlaubnis zum Mitschneiden gegeben hat.

Mühsam kämpft sich Frau Gudert nach vorne zum Pult und nach ein paar lauten Schreien von ihr kehrt langsam so etwas wie Ruhe ein.

Nur Marie-Sophie wimmert: »Ich will sofort den Direktor sprechen, ich will sofort den Direktor sprechen.«

Frau Gudert fragt nach dem Grund.

»Na, wegen der Durchsage gerade!«, schnieft Jacqueline.

»Welche Durchsage?«, fragt Frau Gudert.

»Na, die Durchsage eben aus dem Lautsprecher!«, kreischt Marie-Sophie.

Frau Gudert wendet sich mit hilflosem Blick an die anderen in der Klasse. »Kann mir jemand weiterhelfen?«, fragt sie.

Ein paar Leute versuchen zu erklären, was wir da eben gehört haben. Zum Schluss ist Frau Gudert so ratlos, dass sie ins Sekretariat geht, nur um dort zu erfahren, dass es in der Tat keinerlei Durchsage gegeben hat.

Mo und ich bauen in der großen Pause den MP3-Player wieder ab und stürzen uns dann ins Getümmel. Ein großes Rätselraten ist im Gang, aber komischerweise kommt keiner auf den Gedanken, dass wir etwas damit zu tun haben könnten. Die meisten Jungs stellen wilde Vermutungen an, was da technisch passiert sein könnte. Nur Olaf kommt auf die Idee, Feli zu fragen, ob denn das alles wirklich vorgekommen ist, was wir da eben gehört haben. Und plötzlich ist Feli von Leuten umringt. Sie erzählt, zunächst sehr zögerlich, aber sie erzählt. Dabei wird sie von Nanette unterstützt.

Marie-Sophie und Jacqueline sind während der Pause nicht zu sehen.

»Haben sich wahrscheinlich im Klo verbarrikadiert!«, vermute ich. Als sie wieder auftauchen, laufen sie mit hocherhobener Nase herum und tun so, als sei nie etwas gewesen.

»So kann man's auch machen!«, sagt Mo.

Nach der Schule sehen wir Patricia vor der Schwingtür warten.

»Dieses war der fünfte Streich, doch der sechste folgt sogleich!«, flüstert Mo.

»Och, nöö!«, stöhne ich. »Ich kann nicht mehr.«

»Na dann!«, sagt Mo und dreht sich um. Wir verschwinden durch den Fahrradkeller. Für heute haben wir echt genug.

Am Nachmittag haben wir frei. Unglaublich! Keine Probe! Weder bei Fliegel noch bei den *Lions*. Und das Beste: Endlich scheint die Sonne wieder. Wir machen uns also auf den Weg in die Eisdiele.

»Weißt du, was das Gute am Dauerstress ist?«, fragt Mo. Ich schüttle den Kopf.

»Das Taschengeld hält länger!«, sagt sie und tänzelt zwischen den Sonnenschirmen hindurch zu einem freien Tisch. Wohlig seufzend lässt sie sich auf einen Stuhl sinken und streckt die Beine weit von sich.

»Na, da sind ja alle wieder hübsch beisammen!«, sage ich, als Jonathan mit ein paar Leuten ankommt. Er winkt uns zu. Mo reagiert erst gar nicht. Dann nickt sie ihm nur völlig unterkühlt zu.

»Übertreibst du nicht etwas?«, frage ich. »Schließlich hat er dir nichts getan.«

»Nichts getan?«, fragt Mo. »Du hast Nerven!«

»Du weißt genau, was ich meine!«

Mo seufzt. »Klar! Aber wenn ich jetzt auch noch nett zu ihm sein müsste, würde es mich zerreißen. Und so wie die

Dinge liegen, ist es doch auch schon egal!«, fügt sie trotzig hinzu und guckt angestrengt in die Eiskarte. Ein eindeutiges Zeichen, dass sie darüber nicht weiter diskutieren will.

»Wir wohnen echt in einem Kaff!«, sagt sie, als sie endlich wieder aufblickt. »Gibt es denn wirklich keinen anderen Ort, wo man hingehen könnte?«

»Das kannst du laut sagen!«, stimme ich ihr zu und stecke nun meinerseits die Nase in die Eiskarte, denn jetzt kommt auch noch Patrick angefahren. Mit lässigen Bewegungen steigt er vom Rad, fährt sich mit der Hand durch das dunkle Haar und guckt sich um. Als er uns sieht, kommt er auf uns zu.

»Maximiliane!«, raunt er mit seiner Samtstimme. »Du bist neulich nicht zu unserer Verabredung gekommen!«

»Gut beobachtet!«, sage ich.

»Darf man fragen, warum?«, fragt er und guckt mir mit diesem durchdringenden Blick direkt in die Augen.

»Man darf!«, sage ich und versuche, meine Stimme genauso unwiderstehlich klingen zu lassen. »An dem Tag flogen mir die Wasserbomben zu tief!«

Meine Güte, warum guckt er jetzt so blöd? Hat er wirklich gedacht, die Geschichte spricht sich nicht rum? In unserem Kaff? Aber ich kann ihn nicht mehr fragen. So schnell, wie er sich vom Acker macht. Ich gucke ihm nach, sehe die schmalen Hüften, den wiegenden Gang, die dunklen Haare, die sich bis zum Kragen seines eng anliegenden T-Shirts kringeln.

Luigi bringt unsere Eisbecher. Bananensplit für mich und Heidelbeer-Sahne für Mo.

»Komisch!«, sage ich nachdenklich. »Ich glaub, ich bin gar nicht mehr in Patrick verknallt.«

Mo fällt klappernd der Eislöffel aus der Hand. Sie guckt mich an, als hätte ich gerade Chinesisch gesprochen.

»Natürlich bist du nicht mehr in Patrick verknallt!«, sagt sie und klingt regelrecht empört.

»Und woher willst du das wissen?«, frage ich schnippisch.

Mo verdreht genervt die Augen. »Na, weil du in Oskar verknallt bist! Das merkt doch jeder!«

Ich schlucke. Ich bin in Oskar verknallt! Das merkt doch jeder! Und warum hab ich das bis jetzt nicht gemerkt?

»Oskar!«, sage ich. Mein Mund fühlt sich auf einmal ganz trocken an.

»Ja, Oskar!«, sagt Mo. Sie fängt an zu kichern. »Maxi Blitzmerker! Sag bloß, das ist dir neu?«

Ich scharre mit dem Löffel in meinem Eis herum und sage nichts. Oskar, denke ich. Oskar! Wie oft habe in letzter Zeit an ihn gedacht? Zugegeben, ziemlich oft! Wer ist mir eingefallen, als ich neulich abends zu Hause am Klavier gesessen habe? Oskar! Von wem habe ich kürzlich geträumt? Von Patrick, klar! Aber wieso hatte Patrick in meinem Traum straßenköterblonde Haare und blaue Augen? Und wieso krame ich in letzter Zeit dauernd in den CDs von Pa? Cool Jazz, Free Jazz, Swing. Lauter Zeug, das ich früher nie angepackt habe. Wegen den Saxofonstücken, das stimmt schon. Aber das war doch ein rein professionelles Interesse an der Musik. Wegen unserem Stück! Klar!

Ich gucke Mo an. Ganz verzweifelt. In meinem Inneren ist irgendwo ein Damm gebrochen. Warme Pampe fließt noch in die entlegensten Körperteile. Das darf nicht wahr sein! Ich bin in Oskar verknallt!

»Scheiße!«, krächze ich.

Mo nimmt meine Hand und guckt mich liebevoll an.

»Was ist denn daran Scheiße?«

Ich zucke die Achseln. Keine Ahnung!

»Etwa, dass du dich ausnahmsweise mal nicht in einen Kotzbrocken verliebt hast?«

»Vielleicht!«, sage ich und schiebe das Bananensplit von mir weg. Irgendwie hab ich keinen Appetit mehr.

Mindestens fünf Minuten lang sage ich gar nichts mehr. Ich sehe Jonathan, der ab und an zu uns rüberguckt. Ich sehe Patrick mit einem Mädchen reden, das ich nicht kenne. Ich sehe Luigi bunte Eisbecher auf seinem Tablett balancieren. Es kommt mir vor, als fände das alles hinter einer Milchglasscheibe statt. Mo löffelt ihr Eis. Sie lächelt mich an. Sagt etwas. Ich weiß nicht was.

»Wer ist eigentlich Julia?«, frage ich.

Saxofon und Sommersprossen

Seit Mo mich mit der Nase draufgestoßen hat, geht mir Oskar nicht mehr aus dem Kopf. Ich war auch nicht richtig bei der Sache, als Jonathan in der Eisdiele auf einmal an unseren Tisch gekommen ist. Hat sich einfach vor uns gestellt und angefangen zu plaudern. Ich habe Mo unterm Tisch ans Schienbein getreten, damit sie nicht ganz so abweisend tut. Aber es hat nichts genützt. Also habe ich auf Jonathans Fragen geantwortet.

Ob wir jemand wüssten, der Lust hätte, in der Kenia-Initiative mitzuarbeiten. Sie suchten da neue Mitglieder.

Nein, keine Ahnung!

Ob wir abends manchmal ins Kino gehen?

Manchmal!

Ob wir den Film schon kennen, der gerade angelaufen ist. Der wär echt gut, würde er glatt noch mal reingehen.

Nee, kennen wir nicht. Wir sind zurzeit 'n bisschen im Stress.

Ich bin richtig ins Schwitzen gekommen. Irgendwann hat Jonathan sich dann verabschiedet und da hat sich Mo endlich auch mal an der Unterhaltung beteiligt.

»Schöne Grüße an Anke Vogt!«, hat sie gesagt.

Jonathan hat daraufhin leicht belämmert geguckt und dann irgendwas wie »Ja klar, mach ich!« gemurmelt.

Jetzt, wo ich zu Hause am Klavier sitze und die Bluesballade, die ich damals mit Oskar gespielt habe, schon zum fünften Mal klimpere, fällt mir die Szene mit Jonathan wieder ein. Komisch, denke ich. Diese ganzen Fragen nach der Kenia-Initiative und dem Kino. Man könnte meinen ... Aber was ist dann mit Anke Vogt? Ich klimpere weiter auf dem Klavier. Da, jetzt kommt diese Stelle. Eins ... zwei, drei ... Jetzt müsste das Saxofon einsetzen. Ich sehe Oskar förmlich vor mir stehen. Leicht zurückgebeugt steht er da, mit halb geschlossenen Augen. Die Haare stehen leicht verstrubbelt vom Kopf ab. Schöne Hände, die die Klappen des Saxofons bedienen. Oh Mann! In meinem Magen ist ein Aufruhr. Wer zur Hölle hat eigentlich behauptet, dass Verknalltsein ein schönes Gefühl ist?

Am nächsten Morgen fühle ich mich, als käme ich nach endlos langen Sommerferien das erste Mal wieder in die Schule. Alles wirkt so neu. Und das liegt nicht nur an dem veränderten Auftreten von Marie-Sophie und Jacqueline, die sich auf einmal lammfromm geben. Bin gespannt, wie lange es anhält.

Mo kommt auf mich zu. Sie ist ziemlich blass. Zaghaft schiebt sie ihre Hand unter meinen Arm.

»Das war doch voll scheiße gestern in der Eisdiele!«

Ich frage nicht, was sie meint. Das weiß ich schließlich ganz genau. »Ich glaube, Jonathan wollte mit dir ins Kino gehen!«

»Quatsch!«, krächzt Mo. »Der hat doch Anke!« Aber es klingt nicht sehr überzeugt.

Das ganze Ausmaß der Katastrophe wird mir erst am Nachmittag klar. Mo kommt zur Probe bei den *Lions*. Es ist die vorletzte vor unserem Auftritt. Wir sind alle ein bisschen aufgeregt. Aber keiner sieht so aufgewühlt aus wie Mo. Sie ist schon da, als ich das Eisentor aufdrücke. Sofort kommt sie auf mich zugeschossen und zerrt mich wieder mit nach draußen.

»Hast du gewusst, dass Jonathan einen Bruder hat?«, fragt Mo ganz atemlos.

»Klar!«, sage ich. »Benni!« Das weiß sie doch auch, schließlich haben wir alle Informationen über Jonathan Fritz zusammengekratzt, die wir kriegen konnten.

»Ich meine nicht den kleinen Benni aus der vierten Klasse!«, schimpft Mo. Ich kratze mich am Kopf. Mo heult auf. »Es gibt noch einen Bruder. Ein bisschen älter. Er wohnt nicht mehr hier. Macht in Frankfurt eine Schreinerlehre.« Ich kapiere immer noch nicht, warum sie sich so aufregt. Mo rauft sich die Haare. »Der Bruder heißt Simon, hat rote Haare, Sommersprossen und seit Kurzem eine Freundin.«

So langsam fällt bei mir der Groschen. »Lass mich raten! Er küsst wie eine Granate?« Mo nickt. »Und die Freundin heißt Anke Vogt?«

Mo nickt wieder und pustet erschöpft aus. »Deshalb quatscht Jonathan so viel mit ihr. Sie ist quasi seine Schwägerin.«

»Scheiße!«, sage ich. Mo nickt wieder. Sie braucht mir gar nichts zu erklären. Es ist ein Dilemma. Sie kann ja jetzt schlecht zu Jonathan hingehen und ihm sagen: Ich hab geglaubt, du bist mit Anke Vogt zusammen, und deshalb hab ich mich in letzter Zeit so bescheuert benommen.

»Glaubst du, du kannst trotzdem heute proben?«, frage ich. Mo pustet sich eine Haarsträhne aus dem Gesicht und nickt. »Wird schon gehen!«

Aber es geht nicht. Mo hat noch nie so grottenschlecht gespielt wie heute. Rob ist ganz verzweifelt und Biene auch. Wir machen viel früher Schluss als sonst. Denn auch ich bin heute lange nicht so gut wie sonst.

Und irgendwie ist von da an der Wurm drin. Der Tag unserer Aufführung rückt immer näher. Das Bühnenbild ist längst auf der Bühne der Turnhalle aufgebaut. Rob und Flori haben es tatsächlich hingekriegt, es mit ein paar Handgriffen so zu verändern, dass es perfekt zu unserem Stück passt. Auch die Kostüme sitzen. Wir haben damals bei Oma Hannchen wirklich gute Sachen ausgewählt und sie später mit unseren eigenen kombiniert. Mo und ich tragen lustige weite Latzhosen, darunter eng anliegende T-Shirts. Es sieht gleichzeitig lustig, frech und sexy aus. Unsere Haare werden mit einem Spray einfach wild aufgestrubbelt. An den Füßen tragen wir hochhackige Schnürstiefel, die gleichzeitig altmodisch und hochmodern wirken. Raffiniert. Der lange Lars als Lehrer Lämpel erinnert ein bisschen an Udo Lindenberg, als er noch jung war, und auch die anderen wirken in ihren Klamotten ein bisschen cool und ein bisschen skurril. Einfach super! Aber ansonsten hat man das Gefühl, als klappte gar nichts mehr so recht.

Wir überstehen die Generalprobe. Wir spielen, aber der alte Drive will sich nicht mehr einstellen. Rob ist ganz verzweifelt! Flori meint, das sei bei der Generalprobe immer so.

»Wenn es ernst wird«, sagt er, »sind wir alle wieder fit wie die Turnschuhe.« Aber keiner glaubt ihm.

»Am liebsten würde ich alles abblasen!«, meint Rob. Aber das geht jetzt nicht mehr. Die Handzettel sind alle verteilt und viele, die wir kennen, haben schon angekündigt, dass sie kommen wollen.

Die letzten Proben bei Fliegel laufen dagegen wie am Schnürchen. Wir haben das alles so oft geübt, dass wir es im Schlaf können.

Und dann ist er da, der Tag unseres Auftritts. Ich wache morgens bereits mit Lampenfieber auf. Beim Frühstück habe ich das Gefühl, auf Sägespänen herumzukauen. Nach drei Bissen gebe ich auf. Wie schafft Rob es bloß, so eine wahnsinnig gute Laune zu haben. Die ganze Zeit summt er vor sich hin. Ich gucke ihn finster an.

»Schwesterherz!«, sagt Rob. »Mach nicht so ein Gesicht! Davon kriegst du bloß Falten. Und ich will heute Abend eine strahlend schöne Hauptdarstellerin haben!« Ich grunze nur und die steilen Falten über meiner Nase werden noch ein bisschen tiefer. Rob lächelt mich an und tippt mir mit dem Zeigefinger unters Kinn. »Kopf hoch! Das wird schon. Wir sind gestern, als ihr bei Fliegel wart, noch mal alles durchgegangen. Flori, Biene und ich. Glaub mir, wir bringen die Massen schon zum Kochen!«

Oh, Mann! Bei so viel Angeberei kann ja nur alles schiefgehen. Und dann die Massen. Wenn ich an die Zuschauer denke, will ich nur eins: wieder zurück in mein Bett, Decke über den Kopf und aus die Maus. Ich sehe alle Leute deutlich vor mir, die da sein werden, um uns bei unserer Blamage zuzuschauen. Die Leute aus unserer Klasse! Jonathan! Patrick! Und ... oh nein ... Oskar!

Ausgerechnet heute Abend werde ich Oskar wiedersehen!!!

Rob wartet schon an der Tür. Ich habe heute die große Ehre, dass mein großer Bruder sich herablässt, zusammen mit seiner kleinen Schwester zur Schule zu gehen. Aber erst muss ich noch mal schnell aufs Klo. Das dritte Mal schon. Wie soll ich den Tag bloß überstehen?

Furioso

Auch Mo sieht blass aus, als ich sie vor der Schule stehen sehe. Sie redet mit Patricia. Auch das noch! Gibt es denn keine fünf Minuten Ruhe für uns? Jetzt taucht auch noch Jonathan auf. Mo sieht ihn kommen.

Sie lächelt ihn an und sagt: »Hey!« Aber sie sagt es so laut, dass Jonathan regelrecht zusammenzuckt. Du lieber Himmel. Wie sollen wir bloß an so einem verkorksten Tag den richtigen Ton treffen?

Der Vormittag vergeht. Irgendwie. Zu Mittag gehen Mo und ich mit Rob, Biene und Flori zum Italiener, damit wir durch das Mittagessen nicht so viel Zeit verlieren und gleich im Anschluss in die Turnhalle gehen können. Ha, wegen mir bräuchten wir überhaupt keine Zeit verlieren. Ich hab eh keinen Appetit. Und Mo auch nicht. Wir haben bloß eine Portion Spaghetti für uns beide zusammen bestellt. Aber selbst die schaffen wir nicht mal zur Hälfte.

Lili wartet schon in der Turnhalle. Sie hat den Schlüssel vom Hausmeister geholt. Die anderen Mitwirkenden wollen später dazukommen.

»Wisst ihr etwas von einer französischen Kommission?«, fragt Lili. Und als wir alle nur den Kopf schütteln, sagt sie: »Der Hausmeister hat so was gefaselt. Aber ich glaub, er hat selbst nicht so richtig durchgeblickt. Ich hab ihm gesagt, dass wir für heute angemeldet sind, und er hat nur ›ja, ja‹ gemurmelt und sich am Kinn gekratzt.« Lili schüttelt den Kopf. »Seltsam!«

Rob lacht. »Mach dir keine Gedanken!«, sagt er. »Vielleicht war er besoffen!«

Aber der Hausmeister war nicht besoffen. Das stellt sich heraus, als wir alles aufgebaut haben und Rob und Flori dabei sind, den Soundcheck zu machen. Biene sitzt am Keyboard und Lili, Mo und ich stehen an den Mikrofonen, da stürzen drei Männer in die Halle. Unser Direktor Doktor Böck, der Hausmeister und Herr Teutsch, einer der Französischlehrer. Der Direktor hat eine Gesichtsfarbe, die stark an eine Aubergine erinnert. Er rudert mit den Armen, seine Krawatte ist verrutscht und ein Zipfel seines weißen Oberhemds hängt aus der Hose.

»Eine Katastrophe!«, brüllt er.

»Eine Katastrophe, die Sie zu verantworten haben!«, sagt Herr Teutsch, der mit verkniffenem Mund hinterhergetrippelt kommt.

»Ja, ja!«, greint der Direktor. »Ich bin ja auch untröstlich. Untröstlich! Glauben Sie mir!«

Der Hausmeister sagt nur ein ums andere Mal: »Das hätte man mir früher sagen müssen. Das hätte man mir früher sagen müssen.«

Es dauert eine ganze Weile, bis wir alle begriffen haben, was eigentlich los ist.

Der Direktor erwartet eine Abordnung unserer französischen Partnerschule in Montpellier. Die Partnerschaft ist noch ganz neu und besteht erst seit einem Jahr. Die Schule in Montpellier ist ziemlich rege, was kulturelle Events betrifft. Im letzten Jahr, als unsere Lehrer ihren Antrittsbesuch dort gemacht haben, hatte die Schule gerade einen Preis bekommen. Der Preis war für ein Musical, dass Lehrer und Schüler zusammen aufgeführt haben. War ein ziemlicher Knaller. Wir haben ein Video davon in der Aula gesehen.

Und nun soll die Abordnung zu uns kommen. Das Ganze war so geplant, dass sie am Abend ihrer Anreise die Aufführung des Max-und-Moritz-Singspiels zu sehen kriegen. Aber unser lieber Doktor Böck hat sich im Datum vertan und nun sind die Franzosen bereits heute im Anmarsch. Übermorgen, wenn unser Singspiel dran ist, werden sie schon wieder weg sein.

Dr. Böck hat sich tausendmal bei uns entschuldigt. Wir haben zwar anfangs noch versucht zu protestieren, aber es ist völlig klar. Wir müssen der »Hochkultur« weichen.

»Dann sind wir übermorgen dran!«, verlangt Rob und damit ist es besiegelt. Beruhigt ist der Böck deshalb noch lange nicht. Aufgeregt erzählt er, dass Doktor Fliegel verzweifelt versucht, seine Mitwirkenden zusammenzutrommeln. Er habe schon fast alle beisammen. Nur die beiden Hauptdarstellerinnen fehlten noch.

»Eine Katastrophe!«, jammert er und Herr Teutsch zieht ein Gesicht, als hätte man ihm Salzsäure zu trinken gegeben.

»Sie können sich beruhigen!«, sage ich und nehme Mos Hand. »Die Hauptdarstellerinnen sind bereits hier.«

Es sieht so aus, als wollte uns der Böck vor Erleichterung um den Hals fallen. Zum Glück hält er sich im letzten Moment zurück. Ich möchte ja gern endlich mal von einem männlichen Wesen umarmt werden, das nicht zu meiner Familie gehört, aber nicht von einem alten Schuldirektor, bei dem das Deodorant versagt hat.

Ich gucke Mo an und Mo guckt mich an. Wir verstehen uns auch ohne Worte. Jetzt tritt genau das ein, was wir mit aller Macht verhindern wollten. Wir werden in diesen absolut lächerlichen Kostümen da oben auf der Bühne stehen und alle – dafür haben wir schließlich gesorgt –, wirklich alle, werden uns dabei zusehen.

Ich glaube, die Einzige, die mit uns fühlt, ist Biene. Rob und Flori finden sich ziemlich schnell damit ab, dass wir erst in zwei Tagen dran sind. Aber in zwei Tagen ist es zu spät. Wer weiß, ob dann noch jemand kommt, um zu sehen, wie cool Mona-Louisa von Bolkenhagen und Maximiliane Düwel in Wirklichkeit sind.

Herr Teutsch dämpft die Freude des Direktors ziemlich, indem er mit spitzem Mündchen sagt: »Das ist ja schön und gut, lieber Kollege! Aber wie wollen Sie heute Abend die Halle voll bekommen? Oder wollen Sie mit den Franzosen und einer Handvoll Lehrer allein hier sitzen? Ohne Schüler!«

»Keine Sorge, Herr Teutsch!«, sage ich seufzend. »Die Halle wird heute Abend voll sein. Die Schüler kommen alle.«

»Fast alle!«, sagt Rob.

Direktor Böck kann sein Glück kaum fassen.

Wir haben es gerade geschafft, das Bühnenbild von unserer zusätzlichen Deko zu befreien und die Instrumente der *Roaring Lions* im hinteren Teil der Bühne zu verstauen, als Fliegel die Turnhalle stürmt. Sein Haarkranz sieht aus, als hätte er in eine Steckdose gefasst. Frau Fliegel kommt hinter ihm her und schleppt eine der Kisten mit den Kostümen.

»Wunderbar!«, japst Fliegel. »Jetzt sind wir vollzählig! Der Kinderchor muss jeden Moment hier eintreffen, Frau Sondermann ist noch beim Friseur. Dauerwelle! Ausgerechnet heute! Aber ...« Er wirft einen Blick auf seine Armbanduhr. »... in einer Dreiviertelstunde etwa müsste auch sie hier eintreffen. Lars und Flado sind auch verständigt.« Er schnauft, fasst sich ans Herz und lässt sich auf einen der Stühle sinken, die der Hausmeister inzwischen aus dem Geräteraum geholt hat.

»Winfried?«, fragt seine Frau und streicht ihm besorgt über den Kopf. »Hast du an deine Tropfen gedacht?«

Mit einer unwilligen Handbewegung schiebt er sie von sich weg. Frau Fliegel presst die Lippen aufeinander. Dann wendet sie sich an uns.

»Wir müssen die restlichen Kostüme ausladen!«, sagt sie und klatscht in die Hände. »Auf, auf! Wir dürfen keine Zeit verlieren!«

Wir haben eine Menge geschafft! Gemeinsam mit Frau Fliegel haben wir die Kostümteile sortiert und in der Garderobe so aufgehängt, dass das Umziehen nachher ohne Probleme klappt. Herr Fliegel hat Rob und Flori gebeten, ihm bei der

Technik zu helfen. Der Kinderchor ist gekommen und hat eine Stellprobe gemacht. Lars und Flado sind da und singen sich hinter der Bühne ein. Weil es zu spät ist, den Flügel auf die Bühne zu schaffen, hat Biene angeboten, ihr Keyboard wieder aufzustellen. Fliegel hat sich bedankt, aber glücklich hat er dabei nicht ausgesehen. In dem Punkt kann ich ihn verstehen. Ein Keyboard ist toll. Aber nichts gegen einen echten Flügel.

Es geht schon auf sechs Uhr zu, um acht soll es losgehen und Frau Sondermann ist immer noch nicht da. Dok Fliegel sieht so aus, als würde er jetzt wirklich seine Tropfen brauchen.

Um halb sieben geht endlich die Hallentür auf und Frau Sondermann erscheint. Fliegel fällt vor Erleichterung fast in Ohnmacht. Dann sieht er den dicken Schal um Frau Sondermanns Hals und verzieht das Gesicht.

»Elvira?«, haucht er schwach. »Sag nicht, dass …!«

Frau Sondermann macht ein bedauerndes Gesicht und nickt: »Ich bin immer noch ein wenig erkältet, aber es wird schon gehen!«

Mo und ich sitzen vor dem großen Garderobenspiegel. Die Klamotten haben wir schon an. In dem dick gepolsterten Anzug fühle ich mich wie eine Tonne. Mo malt sich Sommersprossen ins Gesicht.

»In dem Grün sehe ich doch aus wie eine Wasserleiche!«, jammert sie.

»Guck mich an!«, sage ich. »Wie eine Made! Eine Madenwasserleiche!« Ich schüttle mich. Das Schlimmste steht uns ja noch bevor. Ich schiele nach den Max-und-Moritz-Frisuren und kann mich nicht überwinden, die Dinger anzufassen.

Frau Fliegel kommt herein. Sie macht kurzen Prozess, drückt uns gnadenlos die grässlichen Perücken auf die Köpfe und sagt, dass wir die Garderobe frei machen sollen für die anderen, die draußen warten. Eh wir uns versehen, stehen wir vor der Tür und haben plötzlich Zeit. Noch fast eine Stunde, bis es losgeht.

»Komm, wir gehen ein bisschen an die frische Luft!«, sagt Mo.

»So?«, frage ich und gucke angewidert an mir runter.

»Ach komm! Da draußen ist doch niemand und hier drin ist es so stickig.«

Es hat anscheinend in der Zwischenzeit geregnet. Das Plaster des Schulhofs ist dunkel vor Nässe und es riecht, als wäre die Luft um uns herum voller Gewürze. Plötzlich spüre ich, dass ich den ganzen Tag kaum etwas gegessen habe.

»Hast du auch so einen Hunger?«, frage ich. Mo nickt.

»Warte!«, sage ich. »Ich ziehe uns einen heißen Kakao am Automaten. Was anderes lässt sich um diese Zeit in der Schule nicht auftreiben.«

»Hast du Geld?«, fragt Mo.

»Klar!«, sage ich und wedele mit meinem Geldbeutel, den ich, weil ich vorhin nicht wusste, wohin damit, in die Tasche dieser seltsamen Kostümhose gesteckt habe. Der Automat steht in der Aula und auf dem Weg dahin komme ich an vielen Glasscheiben vorbei. Ich zucke jedes Mal zusammen, wenn mir dieser kleine, fette Kerl mit der blöden Frisur entgegenkommt, der nichts anderes ist als mein eigenes Spiegelbild.

Ich hab es schon fast geschafft, die beiden Becher mit der heißen, dampfenden Flüssigkeit zu der Bank zu tragen, auf der Mo sitzt und auf mich wartet, als ich plötzlich Stimmen höre. Von wegen da draußen ist niemand. Ich drehe mich um und sehe eine ganze Gruppe von Leuten über den Schulhof kommen. Was wollen die denn jetzt schon hier? Es geht doch erst in einer knappen Stunde los. Oh Mist! Ich erkenne Marvin, Isa, Laura Wackernagel und – mir bleibt auch nichts erspart – Patrick. Wer sonst noch dabei ist, will ich gar nicht wissen. So schnell, wie es mit den vollen Bechern geht, sprinte ich hinter einen Haselstrauch. Ich warte, bis die Gruppe in die Pausenhalle abgebogen ist, und will gerade wieder hervorkommen, als ich Jonathan über den Schulhof kommen sehe. Mo ist aufgesprungen, aber es gibt kein Mauseloch, in dem sie verschwinden kann. Jonathan hat sie schon entdeckt. Und, oh nein, er geht direkt auf sie zu. Mo steht wie angewurzelt. Wie eine Wasserleiche sieht sie jetzt nicht mehr aus. Oder hat man schon von Wasserleichen gehört, deren Gesichtsfarbe knallrot wie ein Feuermelder ist?

»Hey!«, sagt Jonathan. Er steht jetzt dicht vor ihr.

»Hey!«, sagt Mo und zupft nervös an dieser unsäglichen Moritzperücke herum. Aber davon wird es auch nicht besser.

Jonathan steht da und guckt total verstört. Oh, Mann! Wenn dir meine Freundin in ihrem Kostüm nicht gefällt, dann zieh Leine! Aber glotz nicht so blöd!

»Ääääh!«, sagt Jonathan und stockt. »Ääää! Ich wollte bloß sagen … Also neulich, da hast du doch gesagt … Du weißt schon, neulich in der Eisdiele … da hast du doch gesagt …«

Oh nein! Nun komm endlich zu Potte!

Mo ist inzwischen nicht mehr rot, sondern blass. Jonathan gibt sich einen Ruck.

»Also! Neulich, da hast du mir doch gesagt, ich soll Anke Vogt grüßen …« Mo nickt so vorsichtig, als hätte sie Angst, die Perücke könnte ihr vom Kopf rutschen. »Also, ich wollte dir bloß sagen, falls du gedacht hast, Anke ist meine Freundin. Das ist sie nicht. Sie ist die Freundin von meinem Bruder. Ich hab noch einen großen Bruder.«

Die letzten Sätze hat er schnell hintereinander hervorgestoßen, ohne ein einziges Mal Luft zu holen. Jetzt ringt er nach Atem und guckt Mo erwartungsvoll an.

»Echt?«, sagt Mo.

»Echt!«, sagt Jonathan und jetzt breitet sich endlich dieses hinreißende Lächeln in seinem Gesicht aus, in das Mo sich so verknallt hat.

»Und wieso erzählst du mir das?«, fragt Mo. Ihre Gesichtsfarbe ist jetzt wieder normal.

»Na weil …! Weil ich dachte …!«

»Was?«, fragt Mo und lächelt nun auch. Jonathan tritt noch einen Schritt näher.

»Weil ich dachte, dass du mich vielleicht magst?«, fragt er leise.

Ich hab Mühe, alles mitzukriegen.

»Ach nee!«, sagt Mo noch leiser als er.

Diesmal zupft Jonathan an der Moritzperücke. Ganz vorsichtig und liebevoll.

»Du siehst übrigens süß aus!« Jetzt flüstert er bloß noch. Und dann legt er seinen Arm um ihre Schulter und küsst sie auf den Mund. Einfach so!

Zum Glück kommt irgendwann Fliegel aus der Halle und Jonathan verabschiedet sich mit den Worten: »Wir sehn uns nachher noch?« Sonst müsste ich hier hinter dem Busch Wurzeln schlagen. Der Kakao ist sowieso inzwischen fast kalt. Ich reiche Mo den Becher. Sie strahlt mich bloß an.

»Ohne Worte!«, sage ich und boxe ihr liebevoll in die Rippen. Schnell stürzen wir die lauwarme Brühe runter und folgen Fliegel zum Schafott. So kommt es mir jedenfalls vor.

Mo strahlt immer noch und kreist ab sofort auf einer anderen Umlaufbahn. Aber was ist mit mir? Bis eben waren wir in unserem Elend wenigstens vereint. Jetzt leuchtet sie, trotz Moritz-Verkleidung, wie die Königin der Nacht und ich steh immer noch als kleine, fette Witzfigur in der Gegend herum. Vorsichtig spähe ich durch einen Spalt des Bühnenvorhangs in den Zuschauerraum. Vorne in der ersten Reihe sitzen Doktor Böck, Herr Teutsch und noch ein paar andere Lehrer von unserer Schule und zwischen ihnen vier Frauen und drei Männer, die ich noch nie gesehen habe. Das müssen die Franzosen sein. Ich sehe die Leute aus unserer Klasse. Feli und Nanette. Feli redet mit Olaf. Ob sich da was anbahnt? Marie-Sophie und Jacqueline sind auch da. Und schräg dahinter entdecke ich Patrick und Marvin. Die *Roaring Lions* sitzen alle nebeneinander in der zweiten Reihe und ein paar Plätze weiter hockt Rudelius. Oskar ist nirgends zu entdecken. Vielleicht kommt er gar nicht? Das wäre überhaupt das Allerbeste. Oskar kommt gar nicht. Am besten, er kommt erst übermorgen. Oder noch besser: Er kommt erst wieder, wenn ich überhaupt nicht mehr auf irgendwelchen Bühnen herumhampeln muss. Ja, genau!

Aber ich hab mich zu früh gefreut. Fliegel gibt gerade das Zeichen, dass wir alle auf unsere Plätze gehen sollen, da kommen noch ein paar Leute den Gang entlang. Zwei davon kenne ich. Es sind Oma Hannchen und Oskar.

Als der Vorhang langsam aufschwingt und den Blick auf die Bühne freigibt, habe ich das Gefühl, ich muss entweder ins Koma fallen oder kotzen. Aber komischerweise passiert nichts dergleichen. Wir haben alles lange genug geprobt und ich merke, wie es sich fast automatisch abspult, ohne dass ich groß drüber nachdenken muss. Vielleicht wirke ich ein bisschen steif, weil ich mich so anstrenge, auf keinen Fall in Oskars Richtung zu gucken. Aber das ist auch alles. Jetzt ist es eh schon egal. Ich mache mir keinerlei Hoffnung mehr, dass Oskar mich irgendwie interessant oder aufregend finden könnte. Nicht nach diesem Auftritt. Jetzt kann ich genauso gut mein Bestes geben. Als kleiner fetter Max.

Dass es schiefgeht, liegt also auf keinen Fall an Mo und mir. Das Intro kommt noch ganz gut. Wir kriegen vorsichtigen Applaus.

Doktor Böck strahlt zu uns hoch, als müsste er uns noch besonders ermuntern. Die Franzosen gucken erwartungsvoll. Aber bereits im ersten Akt sehe ich jemanden von ihnen gähnen. Frau Sondermanns Erkältung ist doch schlimmer als gedacht und nach den ersten paar Strophen wird ihre Stimme immer mehr zu einem kläglichen Krächzen. Fliegel rauft sich die Haare. Und als wollten sie Frau Sondermann ein bisschen Stimmgewalt abgeben, fangen ein paar andere unwillkürlich an, lauter zu singen. Herr Fliegel wird nervös. Er fuchtelt an Stellen, wo es nichts zu fuchteln gibt. Das bringt den Kinderchor aus dem Takt. Die Franzosen werfen sich verstohlene Blicke zu. Das kriegt Böck mit und fängt an, unruhig auf seinem Sitz herumzurutschen. Er wirft Herrn Fliegel einen flehenden Blick zu und das wirft den Guten vollständig aus der Bahn. Der Vorhang fällt. In den vorderen Reihen wird höflich applaudiert, in den Reihen weiter hinten ist der Applaus nur noch ein leises Tröpfeln. Herr Fliegel dreht sich zu uns um, will etwas sagen und kriegt keinen Ton mehr raus. Stattdessen greift er sich an die Brust.

»Du hättest deine Tropfen nehmen sollen!«, sagt seine Frau.

Flado, Fliegels größte Stütze, kriegt vor lauter Schreck einen nervösen Husten, der sich auch nicht durch die Salbeibonbons lindern lässt, die Frau Sondermann ihm sofort anbietet. Böck kommt auf die Bühne gestürzt, ringt die Hände und macht es dadurch noch schlimmer.

Fliegel ist weiß wie die Wand. Er sagt, dass er so nicht weiterkann.

Böck will davon nichts wissen. »Die Franzosen!«, jammert er. »Die Franzosen!«

»Herr Fliegel!«, sage ich. »Ich hab eine Idee!«

Und dann muss alles rasend schnell gehen. Mo alarmiert die *Lions*. Ich rede mit Lars und den Kindern aus dem Kinderchor. In null Komma nix haben wir die Instrumente wieder auf der Bühne.

Die peinlichen Klamotten fliegen in die Ecke, ratzfatz schlüpfen wir in unsere anderen Kostüme. Ein Hauch Make-up, die Haare aufgewuschelt und – schwupp – stellen wir uns auf für die erste Szene.

Mo und ich nehmen uns kurz in den Arm.

»Wir schaffen das!«, sage ich.

»Wir schaffen das!«, wiederholt Mo. Es klingt wie ein Mantra.

Flori will schon den Vorhang aufmachen, aber Rob gibt ihm ein Zeichen, noch zu warten. Er hakt den verstörten Doktor Fliegel unter und geht mit ihm nach draußen vor den Vorhang!

»Meine sehr verehrten Damen und Herren!«, hören wir Rob sagen.

»Was sie eben gehört haben, war eine Kostprobe des Max-und-Moritz-Singspiels, dass Herr Doktor Fliegel in gewohnt bewundernswerter Art und Weise mit Schülerinnen und Schülern unseres Gymnasiums sowie anderen musikalischen Talenten unseres Ortes einstudiert hat. Es ist nur eine von zahlreichen Aufführungen dieser Art, die er uns, unserer Schule und unserem Ort im Lauf der Jahre geschenkt hat. Es ist ein großes Pech, dass ausgerechnet heute Abend einige seiner Mitwirkenden erkrankt sind und es deshalb bei dieser kurzen Kostprobe bleiben muss.«

»Der schleimt ja ganz schön!«, flüstere ich Mo zu.

»Still!«, sagt Mo. »Er macht das fantastisch!«

»Ist ja auch mein Bruder!«, hauche ich.

»Nun ist es so, dass so viel rege, hingebungsvolle Arbeit«, fährt Rob fort, »wie sie Doktor Fliegel über die Jahre im musikalischen Sektor geleistet hat, selbstverständlich auch Früchte trägt. Ääääh! Was ich damit sagen will: Die Früchte und Früchtchen haben eine Überraschung vorbereitet und bitten Herrn Fliegel und seine Gattin heute einfach mal um ihr Gehör. Lehnen Sie sich zurück und hören Sie bei dem zu, was ohne ihren Musikunterricht in dieser Form niemals möglich geworden wäre.«

Jetzt werde ich langsam nervös. Hört der denn überhaupt nicht mehr auf zu schwafeln?

»Wir wünschen Ihnen einen schönen Abend!« Anscheinend hat Rob sich jetzt verbeugt. Wir hören Applaus. Und jetzt geht der Vorhang endgültig auf und es gibt kein Zurück mehr.

Wir sehen den skeptischen Blick von Böck und Teutsch und einigen anderen. Wir sehen Fliegel, der trotz der schmeichelnden Rede aussieht, als wolle ihm jemand an den Kragen. Aber es bleibt uns keine Zeit, lange darüber nachzudenken, denn jetzt geht es los.

Und wie es losgeht! Keine Spur mehr von den Schwierigkeiten auf der Generalprobe. Wir fangen an und sind nach ein, zwei kleinen Holperern sofort drin. Als Mo ihr erstes Geigensolo hat und wie ein Irrwisch über die Bühne fegt, wird mir auf einmal federleicht zumute. Jetzt sind Maxi und Mo wirklich Max und Moritz. Ich fange einen Blick von Biene auf, die uns mit glänzenden Augen zulächelt. Lars wächst über sich selbst hinaus. Heute Abend schont er seine Stimme nicht. Ich kriege alles um mich herum nur in kurzen Momentaufnahmen mit. Ich sehe die Franzosen begeistert mitklatschen. Ich sehe, wie Doktor Böck sich erleichtert lächelnd die Stirn abwischt. Ich sehe Jonathan, der nur Augen für Mo hat. Ich sehe Fliegel, der sich langsam erholt und tatsächlich anfängt mitzurocken.

Ich höre die schrillen Gitarrenriffs von Rob, ein Schlagzeugsolo von Flori, dass mein Herz sofort zum Mithämmern bringt. Ich höre in einem wilden Furioso Keyboard, Gitarre, Schlagzeug, Geige, Querflöte und Saxofon zusammenklingen.

Und da gerate ich zum ersten Mal aus dem Takt. Ganz kurz nur. Keiner hat was gemerkt. Lili kann doch nicht gleichzeitig Querflöte und Saxofon spielen. Ich drehe mich um und da steht Oskar. Oh Gott! Seit wann ist der denn auf der Bühne? Die ganze Zeit schon? Oder gerade eben erst? Wir gucken uns an. Himmel noch mal! Hat schon mal jemand eine Liebeserklärung mit den Augen gekriegt? Denn das ist eine. Wenn nicht, fresse ich einen Besen. Oder noch besser zwei. Oskar spielt Saxofon und guckt mich dabei unverwandt und fragend an. Ich nicke und – es ist nur eine Andeutung – mit gespielter Erleichterung geht er ein kleines bisschen in die Knie. Jetzt kommt ein Gesangsduo von Mo und mir. Wir singen. Wir singen und strahlen, machen ein paar Tanzschritte, gucken uns an und strahlen noch mehr.

Zum Schluss gibt es noch einen wilden Rap mit allen zusammen und dann fällt der Vorhang.

»Formidable!«, ruft eine Französin und dann bricht der Applaus los.

Wir müssen raus und uns verbeugen, aber da hält mich jemand am Handgelenk fest. Es ist Oskar.

»Du warst fantastisch!«, sagt er und haucht mir einen Kuss aufs linke Ohr. Ich muss aufpassen, dass ich nicht über den Rand der Bühne hinausschwebe. Aber die Aussicht, auf dem Schoß von Doktor Böck zu landen, hält mich zurück.

Wir verbeugen uns alle Hand in Hand. Links von mir steht Mo. Rechts steht Rob.

»Siehst du, Kleines!«, raunt er mir zu. »Ich hab doch gesagt: Wir schaffen das!«

»Du bist und bleibst ein Besserwisser, Bruderherz!«, sage ich.

Nichts für Feiglinge!

Wir mussten noch oft vor den Vorhang. Mindestens fünf Mal. Und dann haben die *Roaring Lions* als Zugabe noch zwei ihrer Stücke gespielt. Jetzt stehen wir alle in der Aula. Doktor Böck hat ganze Arbeit geleistet und einen Umtrunk organisiert. Zu Ehren der Franzosen gibt es Rheingauer Wein und für die jüngeren Schüler Saft und Wasser. Ich stehe neben Mo. Wir sind gerade für die Zeitung fotografiert worden. Hinten in der Menge entdecke ich Oma Hannchen im Gespräch mit Biene. Sie winkt uns zu. Rob gibt in der Nähe ein Interview zusammen mit Fliegel. Beide strahlen übers ganze Gesicht.

»Happy End, was?«, sage ich und deute mit einem Kopfnicken zu den beiden hinüber.

»Das kannst du laut sagen!«, meint Mo. Ich weiß nicht, ob sie dasselbe denkt wie ich. Denn jetzt bahnt sich Jonathan einen Weg durch die Menge auf uns zu. Auch Marie-Sophie und Jacqueline kommen angewackelt.

»Das war ja tooolll!«, ruft Jacqueline.

Und Marie-Sophie: »Ich hab gar nicht gewusst, dass ihr so begaabt seid.«

»Und ich hab nicht gewusst, dass du ein fliehendes Pferd auf der rechten Pobacke hast und einen Schmettaaling neben der Brustwarze!«, sagt Mo mit der gleichen verstellten

Stimme wie damals bei dem Telefongespräch. Mo grinst und die beiden Zicken suchen entsetzt das Weite.

Beim Getränkeausschank treffe ich auf Patrick. Er fasst mich bei den Schultern.

»Maximiliane!«, sagt er und seine Stimme ist ganz rau vor Aufregung. »Mir ist inzwischen klar geworden, dass es für mich nur ein Mädchen geben kann, und das bist du. Ehrlich!« Er hört sich an, als würde er diesmal echt die Wahrheit sagen.

»Patrick Schmidt!«, sage ich. »Damit kommst du leider zu spät!«

Ich lächle huldvoll, drehe mich um und gehe zurück zu Mo und Jonathan und ... zu Oskar, der inzwischen auch dazugekommen ist!

Aber eine ruhige Minute gibt es für uns noch lange nicht. Am anderen Ende der Aula entdecke ich Patricia. Sie steuert direkt auf uns zu. Ich gucke Mo an.

»Och nee!«, sagt sie. »Patricia muss sich jetzt selber um ihren Kram kümmern.«

Ich nicke. »Für diesen ganzen Rachequatsch haben wir im Moment echt keine Zeit!«

»Rachequatsch?«, fragt Jonathan.

»Ja!«, sagt Oskar. »Vor den beiden hier ...«, er legt mir den Arm um die Hüfte und zieht mich sanft zu sich heran, »... musst du dich in Acht nehmen. Das ist ein echtes Duo Infernale!«

Mo lacht und nimmt Jonathans Hand.

»Da hat er recht!«, sagt sie. »Für Feiglinge sind wir nichts, Maxi und ich.«